本书为天津美术学院 2023 年重点项目"以立德树人
课教学改革研究"的阶段性成果

融合·超越

——天津美术学院文学鉴赏课程教学实践研究

张世斌　主编

吉林文史出版社

图书在版编目（ＣＩＰ）数据

融合·超越：天津美术学院文学鉴赏课程教学实践
研究 / 张世斌主编. —长春：吉林文史出版社，2023.10
　　ISBN 978-7-5472-9234-1

　　Ⅰ.①融… Ⅱ.①张… Ⅲ.①文学欣赏—教学研究—
高等学校 Ⅳ.①I06-42

　　中国国家版本馆CIP数据核字（2023）第024054号

RONGHE CHAOYUE——TIANJIN MEISHU XUEYUAN WENXUE JIANSHANG KECHENG JIAOXUE SHIJIAN YANJIU
融合·超越——天津美术学院文学鉴赏课程教学实践研究

主　　编　张世斌
责任编辑　高冰若
封面设计　文　一
出版发行　吉林文史出版社
电　　话　0431-81629352
地　　址　长春市福祉大路 5788 号
邮　　编　130117
网　　址　www.jlws.com.cn
印　　刷　环球东方（北京）印务有限公司
开　　本　787mm×960mm　　1/16
印　　张　13.5
字　　数　245 千字
版　　次　2023 年 10 月第 1 版
印　　次　2023 年 10 月第 1 次印刷
书　　号　ISBN 978-7-5472-9234-1
定　　价　109.80 元

编 写 委 员 会

主　　编　张世斌

副主编　沈　楠　郝　丹

艺术指导　王　润　路潇濛

　　　　　　杜　超　赵莹雪

前　言

　　天津美术学院文学教研室围绕学校制定的培养具有"较高文化素养和创造潜能，德才兼备的高素质艺术人才"的办学目标，不断推进教育教学改革。文学鉴赏课程从文学作品的艺术特色和思想价值出发，深入挖掘文学经典名篇中所蕴含的中华传统文化精华和思想教育元素。教师对教学内容、形式进行精心设计策划，结合我校艺术类学生的专业特点，在讲授文学作品时有意识地融入许多和艺术创作相关的元素，与学生专业课学习形成有效互动，充分调动了学生学习文学鉴赏课程的积极性。

　　近年来，针对新时代中国特色社会主义建设对高等教育的要求，围绕习近平总书记在全国高校思想政治工作会议上提出的"把思想政治工作贯穿教育教学全过程"的指示精神，我们坚持在教学中以立德树人为核心价值引领，把思想政治教育放在突出位置，注重将文学知识与思想教育内容有机融合，同向同行，互为促进。在完成知识传授、能力培养的同时，不断改革创新"课程思政"教学模式，对课程内容进行深度开发设计，充分挖掘文学课程的思政元素，合理嵌入育人要素，以润物无声的形式将正确的价值观传导给学生。使学生在感受中华古典文学魅力的同时受到爱国主义和传统道德教育，树立正确的民族观、历史观、文化观，坚定文化自信和正确的政治信仰。

　　2020年起，为实现文学课"课程思政"改革目标化、深度化、系统化的目的，我校文学教研室还增设了中国红色经典文学赏读系列选修课程，用文学形式教育青年学生熟悉、了解革命艰辛历程，坚定青年学子的理想信念。教师结合我校艺术专业特点，指导学生以红色经典文学作品为素材进行艺术创作并撰写创作说明，将文学教育、艺术教育与思政教育完美结合，达到理想的育人效果。通过对红色经典文学作品的艺术再创作，学生既加深了对红色经典作品的理解，又锻炼了专业创作能力，更增强了爱党爱国的革命情怀，在文学、艺术和思想道德素养等方面均得到了全面提升。

本书是我们对近年教学改革成果的总结，书中收录了两百余件学生以文学经典为素材创作的作品，这些作品是从上千件学生作业中精选出来的，其中一些优秀作品曾在"今日头条"和"天津美术学院"公众号上进行过线上展览，天津市教委公众号"津门教育"对此进行过相关报道。衷心希望我们的教学改革实践能够为艺术院校大学语文课程建设探索出新的方法和路径，也期待着广大同人对我们教改探索的批评和指正。

编　者

2022 年 11 月

目　录

第一章 先秦

春 秋

文创作品："桃夭"系列口红

作者：张欣雨、单于越、施雨诗、冯心怡、陈源源

种类：文创作品

创作素材：《诗经·周南·桃夭》

创作说明：《诗经·周南·桃夭》以桃花起兴，以桃花喻美人，为新娘唱了一首赞歌。全诗分三章，第一章以鲜艳的桃花比喻新娘的年轻娇媚；第二章桃花开后自然结果，表示对婚后生活的美好祝愿；第三章以桃叶的茂盛祝福新娘家庭的兴旺发达。设计者以服务女性美妆需求、贴合女性形象塑造的"口红"为载体进行了文创产品设计。口红色号方面，设计者根据诗歌的艺术气质和诗歌中所呈现的女性人生的不同阶段，选定了四种颜色，即紫色、少女粉、豆沙色和成熟红。在外包装的设计上，选取"桃花""桃树"等意象作为主体，兼有对自然风光的融入；线条多用曲线构图，意在呈现女性的窈窕柔和之美；配色根植于"灼灼"这一表述，追求明丽鲜艳之感。

板绘:《采薇》

作者：郭添格

种类：板绘

创作素材:《诗经·小雅·采薇》

创作说明：采用深红作为背景色，再现了艰苦的军旅生活，激烈的战斗场面。以红为背景基调，生动形象地表现了将士英勇杀敌的场面，抚今追昔，思绪纷繁，百感交集。眼看着道路崎岖，饥渴难耐，但边关渐远，乡关渐近，浓重的红色下，映衬着将士恋家思亲的个人感情和为国赴难的责任感，这也是两种互相矛盾又同样真实的思想感情。

板绘:《子衿》

作者：柳欢

种类：板绘

创作素材:《诗经·郑风·子衿》

创作说明:《诗经·郑风·子衿》中"青青子衿""青青子佩"，是以恋人的衣饰借代恋人。对方的衣饰给她留下了很深刻的印象，使她念念不忘，可想见其相思萦怀之情。如今因受阻不能前去赴约，只好等恋人过来相会，可却望穿秋水，不见踪影，浓浓的爱意不由转化为惆怅与幽怨。

版画：《鹿鸣》

　　作者：宋若冰

　　种类：版画

　　创作素材：《诗经·小雅·鹿鸣》

　　创作说明：用黑白的颜色来区分远近关系，用线条的疏密来表达物体之间的界限。《鹿鸣》本身描绘的就是安乐其心的情景，所以整体线条轻快流畅，简洁明了地刻画了人物和景色。其中下棋、饮酒，更是点明了这是宴会的场景，一群贤人志士在美景中把酒言欢，远处鹿鸣呦呦，别有一番趣味。

战　国

板绘：《长铗之歌》

作者：盛韫乾

种类：板绘

创作素材：刘向《战国策·冯谖客孟尝君》

创作说明：在《冯谖客孟尝君》中，"贫乏不能自存"的冯谖托人请求寄食孟尝君门下，因其自言"无好""无能"而受到下等门客待遇。于是他"三弹长铗"，一次次要求提高待遇并受到孟尝君身边人的嘲笑甚至厌恶，但孟尝君却满足了他的所有要求。冯谖"三弹长铗"表现出他装愚守拙、巧于试探的性格特点。这一幕也为后续故事的发展做了铺垫，同时加强了文章的趣味性。

板绘:《屈子之莲》

　　作者：张林泽

　　种类：板绘

　　创作素材：屈原《离骚》

　　创作说明：画作取材于屈原的作品《离骚》。画作用莲花来指代诗人，画面中央是静坐于莲台上的屈原，身旁荷花用以暗示其品格之高尚，其人如荷花"出淤泥而不染，濯清涟而不妖"。其身后采用图腾、脸谱描绘了一些抽象的形象，象征当时屈原所处环境、地位、阶级所带来的各种诱惑、威胁、嫉妒等，而对此屈原依旧保持本心，坚贞高洁，誓死坚守人格的清白，即使粉身碎骨也要捍卫自己追求真善美的理想。

第二章　汉朝至唐朝

板绘：《大风歌》

作者：周乐怡

种类：板绘

创作素材：刘邦《大风歌》

创作说明：汉高祖刘邦在得胜还军途中回到自己的老家沛县，与昔日老友和尊长们一同饮酒，击筑而作《大风歌》，抒发了他远大的政治抱负，表达了他对国事忧虑的复杂心情。画面中风劲云飞，正与诗的首句"大风起兮云飞扬"的天下动荡相照应。画面中右侧刘邦击筑而歌，望向万里江山，诸侯臣服；画中远山奔腾的金戈铁马，是刘邦渴望能得到守御四方猛士的写照，更是他对天下前途的惆怅。画作用符号化的色块语言重点刻画滚滚山河与风云，用人物剪影印象表达人物经历和心理，颜色冷暖对比体现其抱负与忧虑。整体颜色较为浓重，表达希望战火平息、安定天下的家国情感。

国画：《观沧海》

作者：王政力

种类：国画

创作素材：曹操《观沧海》

创作说明：画作描绘了宽阔浩荡的海水、高高挺立在海边的山岛以及远处在高空中遨游的大雁。"东临碣石，以观沧海"这两句话点明了观沧海的位置，居高临海，视野十分辽阔，大海的壮阔景象尽收眼底。同时，诗人也是借大海的雄丽景象，表达了自己渴望建功立业，统一中原的雄心壮志和宽广的胸襟。

晋

国画:《菊》

作者：陈卓锐

种类：国画

创作素材：陶渊明《饮酒（其五）》

创作说明：以勾勒的形式描绘菊花生长的形态，"采菊东篱下，悠然见南山。"好一幅田园之景，即使身藏百花之中，也保持着自己的姿态。我们身处的环境也容易让我们迷失，如果内心能悠然自立，那么即使处于这样的环境里，内心仍有一片光明，存菊满堂，孑然自在。

板绘:《桃花源》

作者：邱明远

种类：板绘

创作素材：陶渊明《桃花源记》

创作说明："忽逢桃花林，夹岸数百步，中无杂树，芳草鲜美，落英缤纷。"每次读至此，都会在脑海中幻想桃花林的美景，在这幅画中，画作作者结合自己的专业国画，远处用淡淡的墨色绘出远山，云烟缭绕挡住了远处的太阳。近处则绘出了几簇桃花，与后方的桃林进行对比，拉出空间的变化，给人无限想象。一些花瓣则可以提升画面的氛围感。桃花源的安宁和乐、自由平等表现了作者追求美好生活的理想和对当时的现实生活的不满。

板绘:《桃源之夜》

作者：伍可欣

种类：板绘

创作素材：陶渊明《桃花源记》

创作说明：以夜景描绘画作是作者对桃花源记的联想。树上挂着的灯笼烛光闪闪，湖面波光粼粼，桃花一簇一簇地开满枝头，一阵夜风吹来，花瓣纷纷扬扬地飘落，又安静地荡漾在湖面上。月牙弯弯，岁月静好，正是世人心之所向，好一番世外桃源。

南北朝

板绘:《西洲曲》

作者：刘晓蕾

种类：板绘

创作素材：无名氏《西洲曲》

创作说明:《西洲曲》描写了一位少女从初春到深秋，从现实到梦境，对钟爱之人的苦苦思念，洋溢着浓厚的生活气息和鲜明的感情色彩，表现出鲜明的江南水乡特色和纯熟的表现技巧。画面中间的小船在云中驶过，此为画中女主的梦境，梦中思念的人与自己乘舟游玩，而现实中，人们成双成对，街上人来人往，衬托了女主的孤寂。而画中的太阳，代表着希望，或许她可以等回那个思念的人。

初唐

剪纸:《花鸟自参差》

作者：张译

种类：剪纸

创作素材：李世民《帝京篇十首》

创作说明:《帝京篇十首》主要描写了唐朝京都的雄伟壮丽和执政者处理政务之余的揽读经籍、武宴畋猎、临馆听乐、逸游苑林、泛舟川屿、赏景玩琴、宴饮抒怀、夜宴观舞以及借鉴前踪、抚躬自勉等。剪纸作品从第五首中的"烟霞交隐映，花鸟自参差"一句获得灵感。这一句使人脑海中浮现出花鸟交相呼应的一片繁荣景象，于是创作者便画出富有寓意的花鸟图案，而后结合剪纸工艺用刻刀在红纸上刻出图案。

板绘:《腊日宣诏幸上苑》

作者：金佳晨

种类：板绘

创作素材：武则天《腊日宣诏幸上苑》

创作说明：武则天是中国历史上唯一的正统女皇帝，她刚毅倔强，雷厉风行。《腊日宣诏幸上苑》是武则天登基称帝的第二年所作。"明朝游上苑，火急报春知。花须连夜发，莫待晓风吹"，彰显了女皇主宰一切的神气和至高无上的尊严。与诗作相应，画作主要想表现出武则天年轻时的美貌与实力并存，并通过艺术处理将这位历史上的伟大女性形象进行了适当美化。

国画：《九龙·双凤》

作者：方妍

种类：国画

创作素材：武则天《游九龙潭》

创作说明：画作作者在阅读诗歌时体会到诗人在作此诗时质朴而淡然的思绪情感，因而在创作画面时决定将色调处理为简朴统一的效果。淡彩部分选用了暖色，意在表现一种温暖的氛围，呼应诗人的思想之情。两张画作的载体形象选用了"龙"与"凤"，其依据为诗中的"双凤"与"九龙"；而图上绘画的风景，有山有石，有涧有峰，正取自诗中所写的"琼峰""岩顶""潭心""风入松"等。

板绘:《滕王阁》

作者:郭楚微

种类:板绘

创作素材:王勃《滕王阁序》;滕王阁修复后的网络照片

创作说明:在王勃所写的《滕王阁序》中所展示的是一幅流光溢彩的滕王阁秋景图,王勃由人生的离别引发人生遇合的感慨,警示那些"失路之人"不要因年华易逝和处境困顿而自暴自弃。画作是绘制者在阅读文章并获得对滕王阁的整体感受后,根据现在滕王阁修复后的真实景色照片所绘,画面叠上一层宣纸纸纹效果,让原本真实的景色在纸纹的效果和色块的概括中转化成略有古意的画面感。

板绘：《长天一色》

作者：张婷婷

种类：板绘

创作素材：王勃《滕王阁序》

创作说明：《滕王阁序》重点描绘了滕王阁雄伟壮丽的景象，抒发了王勃的感慨情怀。画作依据"落霞与孤鹜齐飞，秋水共长天一色"完成。画作中虽无落日，但云彩部分所运用的颜色是落日晚霞的颜色。"孤鹜"则用鹤的形象来代替，因为文章中所描写的宴会上聚集着众多能人贤士，而古人又喜用翩然然有君子之风的白鹤来象征具备崇高品质的贤能之才。画作整个背景的色调一致，上下颜色相似，以此来表达"一色"之意。

板绘:《海内存知己》

送杜少府之任蜀州
唐 王勃
城阙辅三秦,风烟望五津。
与君离别意,同是宦游人。
海内存知己,天涯若比邻。
无为在歧路,儿女共沾巾。

作者:王一丞
种类:板绘
创作素材:王勃《送杜少府之任蜀州》
创作说明:唐朝诗人王勃《送杜少府之任蜀州》中有"海内存知己,天涯若比邻"的佳句,画面呈现正如诗词所讲:诗人奔波仕途,远离家乡。只要有知心朋友,四海之内都不觉遥远,即便在天涯海角。此外,画作作者又增加了两只仙鹤,一有海内存知己中的"知己"之意,又从形式美学法则上为画面谱写了构成中的动态线。

板绘：《二月春风》

作者：陈瑜璇

种类：板绘

创作素材：贺知章《咏柳》

创作说明：高高的柳树长满了翠绿的新叶，轻柔的柳枝垂下来，就像万条轻轻飘动的绿色丝带。这细细的嫩叶是谁的巧手裁剪出来的呢？原来是那二月里温暖的春风，它就像一把灵巧的剪刀。画作采用象征手法，女子身披绿色丝带，头戴腊梅花头饰，手持剪刀，原来她就是二月里那温暖的春风。

板绘:《儿童相见不相识》

　　作者：林妮婷

　　种类：板绘

　　创作素材：贺知章《回乡偶书》

　　创作说明：诗人贺知章的《回乡偶书》写八十几岁的老者，离开家乡五十多年，看着故乡的孩童，熟悉的乡音不熟悉的人，表达其对物是人非、世事变迁的感慨。画中用色古朴，远处的茅舍，近处的疏篱，充满着田园的风味，黄发垂髫相视却又不识，老翁眼神写尽落寞，儿童无知而又懵懂，刻画了物是人非的悲凉。

板绘（组图）:《春江花月夜》

作者：张海鹰

种类：板绘

创作素材：张若虚《春江花月夜》

创作说明：画作中的第一张主要是将"明月仿佛和海水一起涌出"的画面具象化呼应诗歌开篇。黄、蓝、紫的对比色相配，使画面有一种灿烂而绮丽的氛围感。从"江天一色无纤尘"至"但见长江送流水"是作者对江月发出的人生感慨。画作的第二张便取用此段中心思想，左面婴儿是初生的代表，右面老人为死亡的代表，背后明月是胚胎形状，暗示生命的延续。诗的后段写男女相思。画作的第三张将女子和山石同构，用延伸形表达对游子的思念，将明月放在中间，意在表达二人天各一方却能望着同一轮明月遥寄相思。

国画：《春江花月夜》

作者：何欣容、刘若云、黄晓潼、杨一月

种类：国画

创作素材：张若虚《春江花月夜》

创作说明：画纸选用扇形外轮廓，纸质中杂有细碎纹样，更凸显月夜静谧之感。绘制者紧扣春、江、花、月、夜这五个意象进行创作。画作以笔墨点开江水，江潮浩瀚无垠，仿佛和大海连在一起，气势宏伟，这时一轮明月随潮涌生，景象壮观。山水草木运用了国画中基本的近中远手法，远处的淡山辅之以月光，荡涤了世间万物的五光十色。夜，多以渲染手法为主，近景用笔尖细致刻画，使春江花月夜显得格外幽美恬静。由大到小，由远及近，笔墨逐渐凝聚在孤月之上，清明澄澈的天地宇宙，使人仿佛进入了一个纯净的世界。

板绘:《春江花月夜》

作者:卢婧

种类:板绘

创作素材:张若虚《春江花月夜》

创作说明:《春江花月夜》描绘了春江花月夜的美景,阐述了人生代代无穷已的哲理,表现了男女离别,游子相思的情感。作者创作的这幅板绘作品,将春、江、花、月、夜这五种景色融为一体,圆月连接着江河,江河又贯穿了花朵。虽然画作整体色调是冷的、暗的,但又有花朵、烟云明亮的点缀,意在表达诗歌"哀而不伤"的情感基调。自古月亮有相思之意,月亮上的女子在窗内眺望,期盼着故人归来。长江连接整个画面,长江水延绵不绝也体现出了人生代代无穷已的哲理。整张画主要想体现春江花月夜幽静淡雅的意境。

板绘（组图）:《春江花月夜》

作者：孙雅萱

种类：板绘

创作素材：张若虚《春江花月夜》

创作说明：这是依据唐代诗人张若虚的《春江花月夜》创作的一组作品，图一的画中人临江远眺，思绪随江流涌去，明月一岁一千年，世人却渺渺如沧海一粟，当月亮看尽世间繁华与落寞，人生早已随江水悠悠而消逝。图二表现的是登楼伤别苦思之女，月华垂坠，被妆镜台送回，琉璃华光，却照不尽相思人。对镜无人，朱颜憔悴。多想逐月华，流照君，去到意中人的身旁。图三表现的是月复西斜，海雾升，碣石与潇湘的离人无限遥远。树影婆娑，江风骤起，不知有几人能乘月而归，情意落满了江岸的树。

板绘:《草木有本心》

作者:宋仁浩

种类:板绘

创作素材:张九龄《感遇十二首·其一》

创作说明:张九龄自比兰桂,抒发诗人孤芳自赏,气节清高,以春兰秋桂对举,点出无限生机和清雅高洁之特征。整幅画以暖色为主基调,以兰花和桂花作背景,兰花与桂花充满活力却荣而不媚,有不求人知之品质,具有无限生机和清雅高洁之特征。女子蓦然回首对应了诗中最后一句"何求美人折!"表现出一种恬淡、从容、超脱的襟怀,另一面忧谗惧祸的心情也隐然可见。

盛 唐

手绘：《春晓》

作者：毕璨

种类：手绘

创作素材：孟浩然《春晓》

创作说明：画作灵感来源于"夜来风雨声，花落知多少"一句，回想昨夜的阵阵风雨声，吹落了多少芳香的春花。诗人回想春日夜里的和风细雨，又想到了暖春盛开的娇艳花簇，情感由上句的喜春变为惜春，也写出了春的活泼动人。落花是诗人的想象，也是画作作者的想象——暖春夜里的风雨沙沙，弯月在云层中若隐若现，伴随着丝丝细雨投下微弱的月光，盈满雨水的花儿从枝头落下，坠入一洼小水坑中，水洼泛起涟漪，在花朵引起的波浪平静下来后，雨滴又带来了新的层层涟漪。画面多用艳丽的色彩，因为即便是夜里，春日的色彩也是不会暗淡的，鲜艳的花朵，清亮的雨水与皎洁的月光，这些都是春的美。

贺卡设计:《晚春》

作者:郑岚

种类:贺卡设计

创作素材:孟浩然《春中喜王九相寻》

创作说明:孟浩然的《春中喜王九相寻》又名《晚春》,诗作表达了作者惜春的心情。在贺卡的设计上,作者从"林花扫更落"和"歌伎莫停声"两句提取了主要形象并加以刻画,描绘的是春花之下歌伎演奏和舞蹈的景象。色彩方面,为了更好地呼应"晚春"时节,展现女性与花朵的美以及诠释诗人的欢愉之情,特选取粉色、红色作为主色加以呈现。另外,在画面左下角增加了假山图案,与右上角的树枝形成对角线构图,以增强画面的美感和古韵。

板绘:《青山郭外斜》

作者：向斌

种类：板绘

创作素材：孟浩然《过故人庄》

创作说明：《过故人庄》是唐代诗人孟浩然去老友家做客所作，这首诗描绘了美丽的山村风光和农家恬静闲适的生活情景，也表达了作者与朋友之间的深厚情谊。其中"绿树村边合，青山郭外斜"两句，意境犹如在眼前，画作作者将其描绘了下来。小桥流水，翠绿的树林围绕着村落，苍青的山峦在城外横斜，这般恬静闲适的田园生活令人向往，言有尽而意无穷。

板绘:《从军行》

作者：赵芸瑶

种类：板绘

创作素材：王昌龄《从军行》

创作说明:《从军行》描写了古战场的荒凉景象，反映了当时战争的惨烈，也表现了诗人对将士们深切的同情之心。画作以旷远苍茫的荒野战场作为背景，四顾苍茫，只有这座百尺高楼，这种环境很容易引起人的寂寞之感。"黄叶""暮云"等边塞景象更进一步烘托出边塞的荒凉，给人以满目萧然、凄凉悲怆之感。

板绘：《少年行》

作者：王格致

种类：板绘

创作素材：王维《少年行》

创作说明："新丰美酒斗十千"让人联想到"满耳笙歌满眼花，满楼珠翠胜吴娃"，盛唐的繁华举世无双，耀眼夺目，难用言语描摹。生活在如此盛世下的少年王维怎会不是"咸阳游侠多少年"中的一员呢？作品中的少侠便赋予了我对《少年行》的全部想象：清风明月、放荡不羁、不拘小节、快意恩仇、人酒正酣，春风拂柳宝马嘶鸣，正是激情昂扬的青葱韶华。

板绘：《宫槐陌》

作者：丁亦栩

种类：板绘

创作素材：王维《宫槐陌》

创作说明：在陶渊明之后，王维用《辋川图》第一次将文人的理想世界真正表现出来。辋川被王维分成二十个不同的景，在《宫槐陌》中便提到有个地方，有槐树夹于窄路两侧，高挺的槐树投下大片树荫，树荫下生满绿苔也不必去管，守门人因怕有僧人前来拜访，才将绿苔一扫。这个守门人就是隐居于此的王维。只有真正看过繁华的人才会决绝舍弃繁华，走向完全的空净。画面前方用大面积的亮蓝铺陈，小径与宫槐后半掩着一洞小门，小门后似有人影闪掠。黄绿色的屋顶斑驳在光影下，树影婆娑，高而不见枝冠，刹那之间，是生命在经历饱满热情的平静无波。整幅画面没有素雅的色调，高纯度的蓝绿黄组合反而带来别样的空净，这幅画尝试从"无人"的角度，用抓人眼球的颜色来描绘热情的燃烧冷却后的王维的辋川与生命的单纯与独立。

板绘（组图）:《山居秋暝》

作者：赵汉卿

种类：板绘

创作素材：王维《山居秋暝》

创作说明：画作中表现的是山村隐居生活的清幽情景。为了表现山村野外隐居生活的清幽，作者专门绘制了两栋房子，意在以静衬动，使得空山雨后的秋凉，松间明月的光照，石上清泉的声音以及浣女归来竹林的喧笑声能够完美地融合在一起，给人一种丰富清新的感受。作者着重用冷色调刻画山林，这样通过森林的清幽能更好体现出诗人对闲适、无忧无虑的生活的向往，隐喻其自身高洁傲岸的情操和对理想境界的无限追求。

板绘:《莲动下渔舟》

作者:阙瑞洁

种类:板绘

创作素材:王维《山居秋暝》

创作说明:画作的创作灵感来自唐诗《山居秋暝》,引用了诗中的"空山""明月""松""清泉石上""浣女""莲花""渔舟"等元素,构成了一幅秋日黄昏后明月初上的山水画面,绘画采用了国风插画的形式,以金线勾勒,以表现形体,青绿为主调,尽显雨后清新,辅之以橙粉,凸显雨后生机。

建模渲染（组图）:《山寺》

作者：黄柯期

种类：建模渲染

创作素材：李白《夜宿山寺》

创作说明：《夜宿山寺》运用了极其夸张的手法，描写了寺中楼宇的高耸，表达了诗人对古代庙宇工程艺术的惊叹以及对神仙般生活的向往和追求之情，给人以丰富的联想和身临其境之感。设计者结合专业所学，运用Sketch Up（草图大师）和Lumion（流明）两款软件建模渲染出了这几张图片。因为在古代寺庙是没有电灯的，渲染出来的图片就是一片漆黑的，所以就加了一点儿光让它凸显出来。

国画:《坐看云起时》

作者：李鼎一

种类：国画

创作素材：王维《终南别业》

创作说明：画作从《终南别业》中"行到水穷处，坐看云起时"一句获得灵感。诗人沿着溪流散步，一直到泉水尽处，坐在石头上看山中云起。这一联是诗人的名句，对偶工稳，两句一贯而下，属于高超的流水对，其意在描绘王维的闲适生活，也把诗人对仕途的厌倦之情含蕴其中。

板绘:《相期邈云汉》

作者:梁楚璇

种类:板绘

创作素材:李白《月下独酌四首·其一》

创作说明:本作品以深蓝色为底色,整体为不同的蓝色,给人孤独、冷清的感受。画作作者根据诗人自得其乐,背后却无限凄凉的情感,描绘出一幅美丽却透着清冷的画面,与诗人的内心相互呼应。仙鹤向月而去,也代表诗人与月光身影结游,相约在天上再见。

板绘:《名花倾国两相欢》

作者：刘学语

种类：板绘

创作素材：李白《清平调》

创作说明：古代文学史上名声斐然的文人雅士们曾用自己的审美标准和细腻的语言绘制了一幅幅生动的美女图。这些美好形象的描写真实而全面地反映了人类对女性共同的审美心理和审美取向。李白《清平调》中有"名花倾国两相欢"之句，意思是绝代佳人与红艳牡丹相得益彰，而"解释春风无限恨"这一句，把牡丹美人动人的姿色写得情趣盎然，这首诗将人与牡丹合为一体，所以画作呈现了人与牡丹。在服装的绘制上，选择了隋唐时期最时兴的女子衣着——襦裙，即短上衣加长裙，裙腰以绸带高系，几乎及腋下。

板绘:《蜀道难》

作者:李菲

种类:板绘

创作素材:李白《蜀道难》

创作说明:《蜀道难》是唐代诗人李白的一首杂言古诗,这首诗艺术地再现了蜀道峥嵘、突兀、强悍、崎岖等奇丽惊险和不可凌越的磅礴气势,赞扬惊叹蜀地山川的壮秀,显示出祖国山河的雄伟壮丽。作者根据《蜀道难》创作的这幅数字绘画《蜀山随想》以占据画面三分之二的蜀山为主体,半山腰的云衬托出蜀山的高,就如诗句"蜀道之难,难于上青天"所描绘的那样。此外,画面中狼、豺、虎、蛇、龙、黄鹤以及"扪参历井仰胁息,以手抚膺坐长叹"的西游之人的形象和状态都是根据诗中的细节展开浮想而描绘的,重峦叠嶂之中的剑门关是整幅画面的点睛之处。

水彩:《蜀道天梯》

作者：李思嘉

种类：水彩

创作素材：李白《蜀道难》

创作说明:《蜀道难》是中国唐代大诗人李白的代表诗作，全诗以浪漫和夸张的手法描绘出一幅壮丽雄伟的蜀道图景。画作借鉴了传统水墨画的方式来用水彩完成，意在神似，并不追求严谨地符合现实。图中只将视觉中心处多加点缀，其余山峰则呈现若隐若现之感，营造层峦叠翠的氛围，一条似有若无的石梯从中穿插，意在表达登上蜀道的艰辛与不真实感。

手绘:《蜀道云峰》

作者:杨鸿雁

种类:手绘

创作素材:李白《蜀道难》

创作说明:诗作生动地描写了难于上青天的蜀道,全诗豪情奔放,想象丰富奇异,极具夸张性。创作者使用马克笔,绘制了一座高耸入云的山峰,"蜀道"未必是一条切切实实的蜀道,以山峰作为本体,喻为蜀道,高峰如云,在山顶尖,有一与世隔绝的小房子,那个地方,是对山河的热爱,对梦境的期盼,它虽危险高耸,却是创作者内心的桃源。

文创设计:《梁园吟》

作者：朱静轩

种类：文创设计

创作素材：李白《梁园吟》

创作说明：画面根据李白《梁园吟》首句"我浮黄河去京阙，挂席欲进波连山"进行创作。造型上采取山水流线型设计绘制，以诗句中的"浮"进行意象绘制船只，点缀画面。在色彩上，选用色彩清新明朗的传统色彩，以青绿色为主，明黄色为辅，对比强烈，使画面充满朝气。以图案进行文创设计，套版制作了装饰胸章、纸杯、手账本。使用的套版选择为文具和生活用品，意在将古诗具象化以装点生活。

板绘:《将进酒》

作者:杨思佳

种类:板绘

创作素材:李白《将进酒》

创作说明:作品根据李白《将进酒》一诗创作。诗人豪饮高歌,借酒消愁,抒发了忧愤深广的人生感慨。画作中有诗人李白手拿酒杯的模样,身后则是无限的远山和江流,其中一座远山似一盏酒倾泻而下,诉说着李白的忧愤衷肠。画作作者将人物与远山江流画作统一的配色,更是想要表达诗人的情感奔涌迸发均如江河流泻,不可遏止且起伏跌宕,变化剧烈,体现人物形象如大自然山河般豪情万丈。

板绘：《闲来垂钓碧溪上》

作者：王佳一

种类：板绘

创作素材：李白《行路难·其一》

创作说明：本画作依据李白《行路难》中"闲来垂钓碧溪上，忽复乘舟梦日边"而作。诗中所写为姜太公垂钓和伊尹助商灭夏的两个典故。大量的单色与少数的彩色形成了诗人深处灰暗之境与内心对前途的希望的对比，画面背景中阴霾密布的天空中透漏出的光芒暗示了诗人的希冀，即在黑暗污浊的现实中对政治仍有所期待，渴望建功立业的心境，由此展现出诗人挣脱苦难的强大精神力量。

板绘:《举杯邀明月》

作者:俞伊莉

种类:板绘

创作素材:李白《月下独酌四首·其一》

创作说明:《月下独酌》写的花间独酌,是多么清冷孤单才会与月与影相邀,仿佛是三位好友间单纯的对酒相饮。全画采用了冷灰色彩映衬清冷的环境,更凸显诗人的孤独。其中诗人坐于花草间,红花绿草郁郁葱葱,鲜活的生命与独酌的孤影形成鲜明对比,表现诗人的失意;孤江映月影,江风吹动江水轻摇,带来丝丝凉意,拂面却升起阵阵寒意,更烘托出诗人"孤冷"的内心环境。

Logo 设计（组图）：《天授之才》

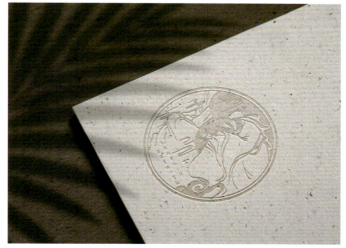

作者：叶尔域

种类：Logo 设计

创作素材：李白《西岳云台歌送丹丘子》

创作说明："酒入豪肠，七分酿成月光，余下三分啸成了剑气，绣口一吐就是半个盛唐。"李白才气乃天授之，含喜含悲，且狂且傲，有血有肉，如皎皎青莲降于天而落于世，天上谪仙人也。此诗化笔为剑，破天揽月，摘云织裳，枕星汉而卧银河。余愧之画笔拙劣，难绘西岳峥嵘，黄河汹涌，草涂之，绘之以云绕高山、手捧玉浆，但见麻姑仙、丹丘生于渺渺脑海中，欲同骑化龙茅狗登仙境也。

板绘:《雪净胡天牧马还》

作者：沈寅

种类：板绘

创作素材：高适《塞上听吹笛》

创作说明：作品依据盛唐边塞诗《塞上听吹笛》而作。画面结合诗句里丰富奇妙的想象，描绘了一幅优美动人的塞外风光图，既描写了优美动人的塞外风光，又蕴含着几分田园的风味。整幅作品画风粗犷，色彩鲜明，湛蓝的天空，蜿蜒的河流，疾驰的骏马，远处的雪山和近处雪花散落荒原，还原了诗中"雪净胡天牧马还"的景象，在荒漠塞外与故乡春色的鲜明反差之中渗透着缕缕相思的情怀。

板绘：《春望》

作者：尹佳琪

种类：板绘

创作素材：杜甫《春望》

创作说明："安史之乱"中，杜甫目睹了长安城的落败景象，并将其写入诗作。画作作者在创作中参考了一些雕塑和绘画材料，画出了杜甫牵着瘦马，走在花瓣飘零，树木和野草生长的路上，表现春日长安的凄凉、杜甫微微抬头内心充满忧愁的景象，意在表现杜甫内心挂念亲人，心系国家的情怀。

手绘:《烽火家书》

作者:周祎茗

种类:手绘

创作素材:杜甫《春望》

创作说明:画作选取了孔明灯、长城、千里江山图等元素,用同构的艺术手法将孔明灯与火箭同构——孔明灯代表了相思之情,孔明灯上的大好河山表达着诗人对家乡的思念。另外从"烽火连三月,家书抵万金"一句中提取"烽火"和"家书"的含义,将长城的烽火台与家中的烛火同构,呼应诗人于乱世中的思乡之感。

板绘：《润物无声》

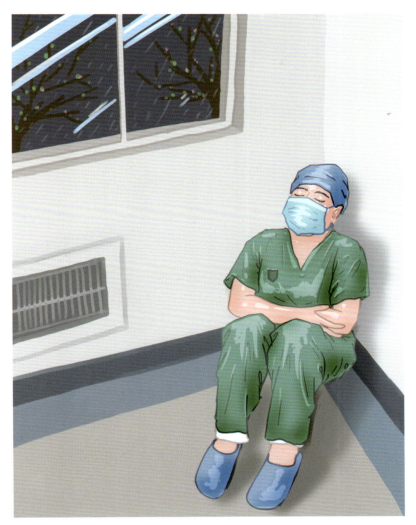

作者：李慧瑞

种类：板绘

创作素材：杜甫《春夜喜雨》

创作说明：杜甫的《春夜喜雨》表达了作者对春雨的喜爱之情。画作作者将现代的医护人员画进作品，疫情中的工作人员也如春雨一般，有意"润物"，默默为大家付出着。相信众人奋力抗击，战胜疫情后的场景也会如诗人所描述的一样"花重锦官城"，万物将会如重获新生一般盎然恣意。

板绘:《迟日江山丽》

作者:乔冠亚

种类:板绘

创作素材:杜甫《绝句二首·其一》

创作说明:杜甫的《绝句二首·其一》是一首春意盎然的诗。诗歌当中大河江山沐浴着春光,风暖草香。作者采用空中视角来俯瞰诗中之景,并用画笔加以呈现。画作主要刻画的是诗歌中"江""山""花""草""燕"等几个形象。在色彩的选择上,作者将燕子以暖色调绘制处理,并巧妙地以多层次的绿和蓝来诠释春之生机,由此让原本的冷色调充满清新和温暖的气息。

水粉画:《江碧鸟逾白》

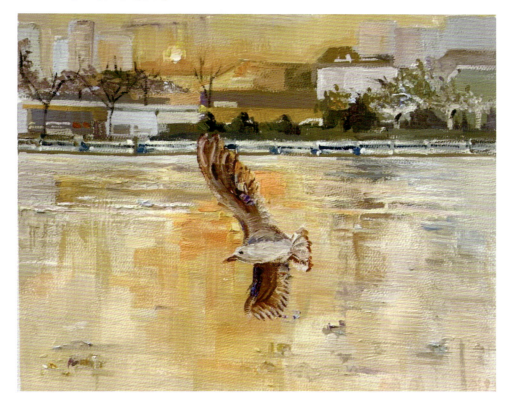

作者：李果佳

种类：水粉画

创作素材：杜甫《绝句二首·其二》

创作说明：读到"江碧鸟逾白，山青花欲燃"时，画作绘制者脑海出现了这样一番景象：碧江白鸟交相辉映，漫江碧波荡漾，白鸟掠翅江面，一派怡人风光。江、山、花、鸟四景，碧绿、青翠、火红、洁白四色，真是令人赏心悦目。然而实际上，诗人以乐景衬哀情，慨叹岁月荏苒，归期遥遥，漂泊的感伤尽在心间。就像诗人最后写道"今春看又过，今日是何年"，眼看着春天又过去了，何时才是回家的日子呢？大概就是一切景语皆情语吧。

板绘:《阁夜》

作者:刘讲新

种类:板绘

创作素材:杜甫《阁夜》

创作说明:《阁夜》是诗人杜甫在其好友李白、严武、高适等相继去世后所作,全诗写冬夜景色,有伤乱思乡之意。插画依据"岁暮阴阳催短景,天涯霜雪霁寒宵。五更鼓角声悲壮,三峡星河影动摇"几句而作,以雪寒之夜的营帐为主要表现对象,画面中远处的微光与近处的黑暗形成鲜明对比,以彰雪光映照下明朗如昼之意。

明信片设计:《登高》

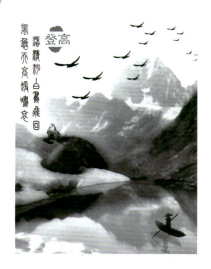

作者：沈心怡、谢樱格

种类：明信片设计

创作素材：杜甫《登高》

创作说明：题画诗在中国传统书画艺术发展史上是一种特殊的美学现象。它将绘画、文学、书法、篆刻有机结合在一起，形成了诗、书、画、印四位一体的艺术品类。创作团队在设计此套明信片时就把题画诗作为主要呈现形式。四张明信片的绘图均在表现内容上呼应诗句。文字设计方面，采用竖排的排列方式，以期与古书排版方式一致，让人想到古人持书阅卷的样子。

板绘:《杨贵妃·花前月下》

作者：李鹏飞

种类：板绘

创作素材：杨贵妃题材唐诗

创作说明：唐诗中有关贵妃题材的作品大多是从描述贵妃的容貌开始的，如李白的《清平调词》三章，《宫中行乐词》八首，奠定了后世诗歌创作中贵妃"美丽"的基调。由于贵妃杨玉环受帝王专宠，后世文人沿着"专宠"路线进行诗歌创作，渐渐流露出个人对贵妃杨玉环的看法与评价。从杜甫《丽人行》《北征》《哀江头》等作品开始，出现斥责与同情贵妃的两种矛盾思想。创作者对其二人持有同情之感，因而以画作中贵妃花前月下的状态来体现其相思之苦。画面用水印作画法，试图更加贴切人物形象。

国画:《白雪歌送武判官归京》

作者:李如意

种类:国画

创作素材:岑参《白雪歌送武判官归京》

创作说明:《白雪歌送武判官归京》是唐代诗人岑参的边塞代表作,全诗以一天雪景的变化为线索,记叙边塞送别归京使臣的过程。画作呈现了最后的送别场景:白茫茫的大雪,处处透露着边塞的萧瑟,衬托出诗人对友人返京的惆怅之情。两旁的枯树上落满了雪,两人恋恋不舍地对望,表现了依依惜别之情。画面中,战友鲜红的战袍和送别处的红灯笼展现了两人深厚浓烈的情谊,体现了诗人对战友的真挚感情。

中 唐

板绘:《野渡急雨》

作者：刘洺君

种类：板绘

创作素材：韦应物《滁州西涧》

创作说明：韦应物在诗中通过对平常景物的描写展现了一个幽深静谧的图景，透露出了他无可奈何和怀才不遇的心境。画作作者通过碧绿的色调来凸显环境的"幽"，着重采用"幽草""涧""深树""晚雨""横舟"等意象来表现荒凉幽静之景，以进一步传达出作者的失意和慨叹之情。

版画：《慈母手中线》

作者：阮洋洋

种类：版画

创作素材：孟郊《游子吟》

创作说明：画作作者由孟郊的《游子吟》一诗获得灵感，创作了一幅以年迈的母亲为临行前的孩子缝衣服为形象的版画。画作为黑白木刻。构图安排以色块与线条的互相衬托出人物形象。用一道道刻刀雕凿的痕迹体现出母亲的一条条皱纹，黑白两色强烈对比，生动形象地表现出母亲专注于缝衣的神态。画面中虽无对孩子的描绘，却能从所绘母亲的神情中侧面表现出母亲对孩子浓浓的爱意。

手绘:《师说》

作者：白洁

种类：手绘

创作素材：韩愈《师说》

创作说明:《师说》是唐宋八大家之首韩愈的经典作品。《师说》阐述了从师学习的道理，讽刺耻学于师的世态，他教育了青年，起到了转变风气的作用，表现出非凡的勇气和作者不顾世俗独抒己见的斗争精神。画作作者使用马克笔进行手绘，将想象中古人从师学习的场景呈现出来。

板绘:《秋词》

作者：肖冰月

种类：板绘

创作素材：刘禹锡《秋词二首·其一》

创作说明：唐代诗人刘禹锡的《秋词》，一反常调，另辟蹊径，以最大的热情讴歌了秋天的美好。读这样的诗，洋溢在读者心头的绝非什么悲凉的气息。读者随着诗人的"诗情"，借助诗人想象的翅膀，天马行空般驰骋于碧空之上。于是，鹤飞之冲霄，诗情之旷远，"实"和"虚"便融合在了一起，所获得的全然是一种励志冶情的美的感受。基于此，画作着意展现诗中"一鹤凌云"的别致景观，画中秋高气爽，万里晴空，白云飘浮，那凌云之鹤也载着诗人的诗情一同遨游。

板绘:《鹤上晴空》

作者：张好

种类：板绘

创作素材：刘禹锡《秋词二首·其一》

创作说明：唐代诗人刘禹锡的《秋词二首·其一》一反过去文人悲秋的传统，赞颂了秋天的美好，并借白鹤直冲云霄的描写，表达了诗人奋发进取的豪情和豁达乐观的情怀。画作作者被诗人的情怀所感染，用数码绘画的形式绘制了诗中所呈现的"晴空一鹤排云上"的景象。画作参考了中国绘画的形式，运用了饱和度较低的颜色使画面整体庄重典雅又不失灵动活泼，意在表达诗人的凌云壮志与乐观豁达。

国画:《秋树》

作者：王诗淇

种类：国画

创作素材：刘禹锡《秋词二首·其一》

创作说明：《秋词二首·其一》表现了诗人刘禹锡对于秋天的独特感受以及他不甘屈服于命运、豁达乐观和积极进取的心态。无论他人如何评价自己，自己都要相信自己存在的意义，更要敢于打破他人给自己定下的条条框框。正如画作中所呈现的从枯石中野蛮生长出来的大树，顽强的生命力使它的根系发达不断向下索取水分，把不可能变成可能。

板绘:《望洞庭》

作者：杨莹

种类：板绘

创作素材：刘禹锡《望洞庭》

创作说明：在刘禹锡的《望洞庭》中，读者似乎可以真切地看到洞庭湖的美丽景象。"湖光山色两相和，潭面无风镜未磨"，湖面平静无风似乎是一面明镜，湖水清澈见底倒映着点点月色，湖中的小丘就像银盘中的一颗青螺栩栩如生。

国画：《庐山草堂》

作者：曾晓艺

种类：国画

创作素材：白居易《庐山草堂记》

创作说明：在《庐山草堂记》中，白居易以娴熟的文笔和技巧，充分表达了自己对山水的酷爱，并注入自己的身世感、沧桑感，使山水别具内涵与风韵。根据文章所描绘的景色，画作作者创作出了一幅风景秀丽的世外桃源般的图画，草庐附近可以看山，可以听泉，真是美不胜收。草庐附近还有一个水池，在池塘周围有很多山竹野卉。画作着力表现的是环境的安宁清幽，这山光水色有使人忘忧之功效。

板绘：《回眸》

作者：王俊杰

种类：板绘

创作素材：白居易《长恨歌》

创作说明：长恨歌，歌长恨。故事最初的色彩源自这句"回眸一笑百媚生，六宫粉黛无颜色"。古人对绝色美女的经典形容是"沉鱼落雁，闭月羞花"。画作以板绘的艺术形式，将盛唐时期的美人进行还原创作，画中女子肤色洁白细腻，衣着华美雍容，服饰及妆容使用暖色进行刻画，更增添娇媚的气质。画作以牡丹和祥云作陪衬，体现了杨贵妃国色天香的容貌和气质。

板绘：《三千宠爱在一身》

作者：张博雅

种类：板绘

创作素材：白居易《长恨歌》

创作说明：画作的创作灵感来自白居易的《长恨歌》。绘制者用PS（图片处理工具）板绘的方式，描绘了一幅杨贵妃于宫中伫立的场景。画中女子雍容华贵，艳压群芳，高耸的发髻和华美的衣着无一不显示着帝王的恩宠。斑驳的树影和手持的团扇亦增添了女性妩媚的气质。画作意在以服装的设计和环境的塑造来呈现一个深受帝王宠爱的女子在宫中的生活状态。

板绘:《在天愿作比翼鸟》

作者：毛羽歆

种类：板绘

创作素材：白居易《长恨歌》

创作说明：白居易的《长恨歌》中有一流传千古的名句："在天愿作比翼鸟，在地愿为连理枝。"这句是唐玄宗与杨贵妃的爱情写照，也是用来歌颂忠贞不渝爱情的著名诗句。因此，画中除了将李杨二人作为主体之外，还用枝头鸟象征"比翼鸟"和"连理枝"加以点缀，以此突出主题。

板绘:《天长地久有时尽》

作者：陈桓

种类：板绘

创作素材：白居易《长恨歌》

创作说明：画作依据白居易的《长恨歌》完成，表现的是杨贵妃仙去，在耿耿星河中，绰约仙子伤心欲绝不舍分离的场景。画面昏暗，唯有背景的孔明灯隐约勾勒出面庞，暗示了贵妃已去无法挽留；天灯似海，以乐衬哀，越是喜庆的红火越显现了主角的哀愁。画中服饰与人物姿势参考了游戏《画境长恨歌》，头饰参考了93版《唐明皇》林芳兵老师饰演的杨贵妃的头饰。画面的左端写下了"天长地久有时尽，此恨绵绵无绝期"以凸显主题。

板绘：《此恨绵绵无绝期》

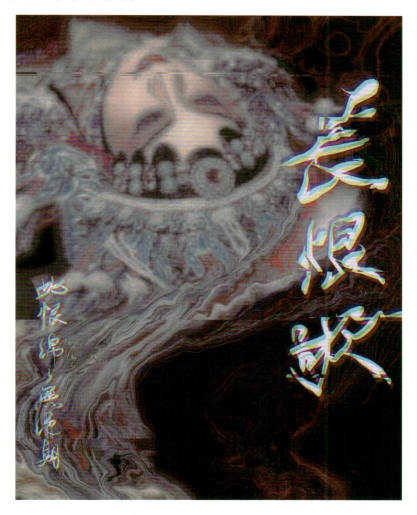

作者：李心迪

种类：板绘

创作素材：白居易《长恨歌》、京剧《贵妃醉酒》

创作说明：以京剧贵妃醉酒青衣杨贵妃的剧照为原型，尝试用电子压感笔写出书法的抑扬顿挫，用电脑后期合成的方式表现贵妃已逝，如今又来到唐明皇的梦里，但梦不真切，只见梨花开春带雨，梨花落春入泥，此生只为一人去，这幻影如涟漪散开，又见海岛冰轮"又"转腾，贵妃幻影抓不住，恰便似嫦娥"回"月宫，独留唐明皇在这长恨里，绵绵无绝期……

板绘:《同是天涯沦落人》

作者：许佳琦

种类：板绘

创作素材：白居易《琵琶行》

创作说明：画作创作灵感取材于《琵琶行》中的"同是天涯沦落人，相逢何必曾相识"一句，以琵琶乐为寄托，以曲动人心弦，画中为白居易和琵琶女，两人靠得如此之近且脸上均略带忧伤，是因为同是天涯沦落人。画作里融入了一些魔幻的元素，白居易的心中全是琵琶女的琴声，把看不见的悲伤幻化成有形的曲声。

板绘:《忆江南》

作者：吴政武

种类：板绘

创作素材：白居易《忆江南三首·其一》

创作说明:《忆江南三首·其一》是白居易晚年所作，呈现的是其追忆青年时期漫游江南，旅居苏杭所感受到的江南盛景。画作作者绘制此作的初衷正是还原白居易所追忆的江南美景:"日出江花红胜火，春来江水绿如蓝。"画作配色鲜明，一方面突出春天的明丽盎然，另一方面增强艺术作品的现代感。

板绘:《江雪》

作者：何睿敏

种类：板绘

创作素材：柳宗元《江雪》

创作说明：柳宗元的《江雪》运用典型概括的手法，选择千山万径、人鸟绝迹这种最能表现山野严寒的典型景物，描绘了大雪纷飞、天寒地冻的图景；接着勾画独钓寒江的渔翁形象，借以表达诗人在遭受打击之后不屈而又深感孤寂的情绪。这首诗最令人触动的是最后两句：江面孤舟上一位披戴着蓑笠的老翁，独自在寒冷的江面上钓鱼。画作作者以黑白水墨画加以表现，用水墨画的儒雅、端庄来应和幽静寒冷的氛围，黑白的色调更能体现诗人遭受打击后的孤独寂寞之感。

书签设计:《江雪》

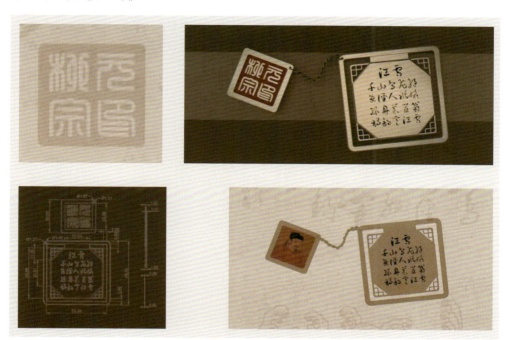

作者：李崇琪

种类：书签设计

创作素材：柳宗元《江雪》

创作说明：书签设计方案以柳宗元代表诗作《江雪》为素材，采用唐宋窗框的形态，柳宗元的肖像、印章为副体，选用典雅古朴的颜色，色调统一，排版简约大方，便于形成整体风格，制作工艺为铜板激光雕刻，亚光亚克力板封层。

茶几设计:《江雪》

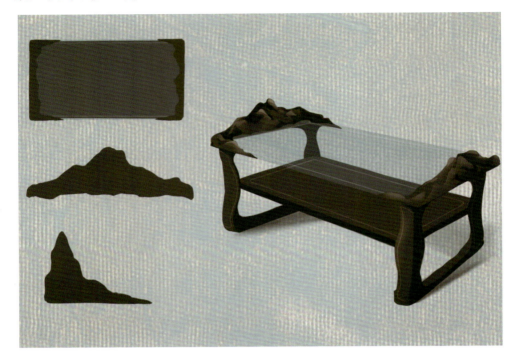

作者:李依莲

种类:茶几设计

创作素材:柳宗元《江雪》

创作说明:这个造型奇特的茶几的创作灵感来自柳宗元的《江雪》,其中千山无声,四下无人的空旷寂寥感给设计者很深的触动。作品以山为边界装饰,以偏透明磨砂玻璃作水面,意在生发出古诗中空旷大气的感觉。在创作过程中,设计者曾想加入"孤舟"呼应诗作,但考虑到茶几并不是全观赏用具,所以去掉了。整体来说,这次设计旨在塑景写意。

板绘：《江雪》

作者：魏俊

种类：板绘

创作素材：柳宗元《江雪》

创作说明：画作主要运用了黑白墨色配色，以柔和的墨绿色作为基底，带有浓郁的古典气息。绘制者利用电影构图直观呈现出江雪这首诗所描写的富有电影感的画面，意在体现一种独特孤寂之美。角度上使用远景，不仅描绘出一幅天地融合的画卷，也突出了视觉中心渔翁的形象，画面所营造出的孤寂氛围呼应诗作。这个泛舟寒江之上、独自垂钓的渔翁所展现出的孤寂之感正应和了诗人的壮志难酬。画作亦用墨色衬托了诗人的清廉、高傲和不畏权贵。

板绘：《江雪》

作者：吴维清

种类：板绘

创作素材：柳宗元《江雪》

创作说明：画作作者从《江雪》中"千山鸟飞绝，万径人踪灭"一句中获取灵感，并结合自己在寒假期间游览众山所得体会而完成。冬天的南方，山里还是青绿一片，偶尔能在山间见一泓池水、一只白鹭和一路飞鸟。虽不是诗中的那般"鸟飞绝"，但是直直仰望群山，还是难能瞥见一两人影，因而比较符合诗境。画作采用了"泼墨"的手法，以浓烈的国画色彩来展示冬日山的明媚，又以赭石色的颗粒感来体现山石裸露的地方，没有建立缓和地带，意在将二者做一个强烈的矛盾感，增加画面的趣味性。

板绘：《寒江钓雪》

作者：舒安琪

种类：板绘

创作素材：柳宗元《江雪》

创作说明：柳宗元的《江雪》主要描绘了一幅幽静寒冷的画面：在下着大雪的江面上，一叶小舟，一个老渔翁，独自在寒冷的江心垂钓。天地之间是如此纯洁而寂静，一尘不染，万籁无声。本作品将人物小化，而且使这个背景尽量广大寥廓，几乎到了浩瀚无边的程度，从而进一步突出人物的渺小与凄冷。整幅画面统一了色调，运用"老翁""孤舟""远山""雪"这些元素进行创作，营造一种凄冷、浩渺的意象来表达作者想摆脱世俗，超然物外的清高孤傲的思想感情。

板绘:《观潭》

作者：王曦禾

种类：板绘

创作素材：柳宗元《小石潭记》

创作说明：《小石潭记》记叙的是柳宗元游玩的过程，其既描写了小石潭的优美景色，也含蓄地抒发了柳宗元被贬后无法排遣的忧伤情感。画作用大片的墨色覆盖在诗人的头上以表达诗人内心的忧郁愤懑，诗人欣赏着鱼儿游动，给自己内心片刻宁静，但不久他感受到了凄神寒骨，脸上又显出忧色，便离开了。

板绘:《翠潭》

作者：杨文慧

种类：板绘

创作素材：柳宗元《小石谭记》

创作说明：《小石潭记》呈现的是柳宗元在与朋友游玩时的所见，他以高超的写作手法将一幅美好的、寂静的画面展现在读者的面前。画作主要根据文中"伐竹取道，下见小潭，水尤清冽。全石以为底……""潭中鱼可百许头，皆若空游无所依。日光下澈，影布石上……"等句创作，营造文中移步换景的感觉，画面主要以蓝绿等冷色体现绿竹之苍翠，潭水之清凛，在平凡的景物中衬托出高雅之情。

板绘:《孤山寺》

作者：刘星辰

种类：板绘

创作素材：张祜《题杭州孤山寺》

创作说明：张祜游孤山寺时与当时任杭州刺史的白居易相遇，白居易邀请他一同游览西湖，一山碧色，满湖幽情，使张祜似乎进入到仙境一般，流连忘返。于是，张祜写下了这首《题杭州孤山寺》。画作依托此诗而作，画面是寂静的灰调，僧人独自扫地，意在营造幽静的氛围。

水彩:《李凭箜篌引》

作者：金玉馨

种类：水彩

创作素材：李贺《李凭箜篌引》

创作说明：参照唐朝的衣饰品进行创作，以暖色为主基调，刻画主人公静坐弹奏，身外无物心中有万物之感。水彩的晕染使画面增加了几分古朴与温柔，乐工弹奏箜篌的高超技艺，令人赞叹向往。画中箜篌参考了许多素材，作为十分古老的弹弦乐器，唐朝的箜篌已然于历史中失传，但人们不会放弃这件古乐器，雁柱箜篌出现了。希望借此作品纪念古代中华乐器，五千多年的文化将由我们传承发扬。

板绘:《李凭箜篌引》

作者：张馨月

种类：板绘

创作素材：李贺《李凭箜篌引》

创作说明：在《李凭箜篌引》这首诗中，李贺凭借他对音乐惊天地泣鬼神的描写，让音乐可视化，读者能够立体地感受到李凭弹奏箜篌的高超技艺。画作呈现了凤凰惊叫、天地凝结等抽象的景象。画面颜色充满冲击力，是为了表现李凭所弹奏的音乐给听众带来的听觉上的冲击，那是一种多彩的、宏大的冲击力，让人恍惚。

装饰画:《昆山玉碎凤凰叫》

作者：张艺萌

种类：装饰画

创作素材：李贺《李凭箜篌引》

创作说明：通过李凭弹奏箜篌的侧影体现出了她高超的技艺，表明音色已经传呼其神，音乐好似为天上的仙女弹奏，悦耳动听。其次采用深蓝色为背景，主要是为了体现清脆空灵之感。天空之中，美妙的音符变成了凤凰，表明乐声就像凤凰鸣叫，祥和之兆。天空之下为唐代皇城，也就是侧面体现出乐声冲破云霄，飞在城中各地。而最后，用金色的字体写出来几行诗，应和题意。

板绘:《梦天》

作者：张子涵

种类：板绘

创作素材：李贺《梦天》

创作说明：李贺的《梦天》描写了梦游月宫，天上仙境，以排遣个人苦闷。天上众多仙女在清幽的环境中，过着一种宁静的生活，而俯视人间，时间是那样短促，空间是那样渺小，诗作又寄寓了诗人对人世沧桑的深沉感慨，表现出淡然看待现实的态度。画作整体用蓝色来表现空间的浩渺，画面左下角是诗人梦到的月宫，诗人站在月宫的阑干处俯瞰九州，尽情驰骋幻想。

晚　唐

板绘：《山河梦来》

作者：焦宝谊

种类：板绘

创作素材：温庭筠《南湖》

创作说明：本画作依托温庭筠的《南湖》而作。画作以清丽的颜色蓝绿色调为主，呈现出一幅明媚秀丽的春景图。尾联由湖上景物引发对"楚乡"的思忆。因对楚乡的思忆，故这幅画起名为《山河梦来》。诗中写野船停靠在春草丛生的岸边；夕阳下，水鸟带着波光飞翔。风吹芦叶飒飒作响疑是天上落下蒙蒙细雨，浪花无边无际很像洞庭风光。画作作者提取诗中所描写的"船""夕阳""水鸟""芦叶"等元素入画。画面中的水鸟伴着余晖轻灵地从水面飞掠而过的姿态，使整幅画面活泼灵动。风吹芦叶飒飒作响疑是天上落下蒙蒙细雨，画中湖上的微波正是为了为体现蒙蒙细雨。

油画棒画：《欲回天地入扁舟》

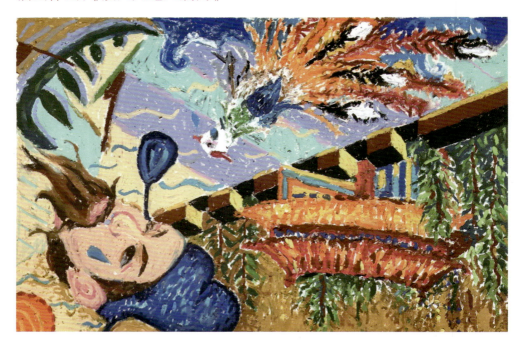

作者：唐怡锦

种类：油画棒画

创作素材：李商隐《安定城楼》

创作说明：作者将诗歌中的诗人、高城、城楼、绿杨、扁舟、鹓雏等元素运用到画面绘制中，以黄色调为主，辅之冷色，协调画面，运用点状和色块的表现形式，以对角线构图，将形象很直观的运用在画面，不考虑空间和透视。背景画面依据诗作首联，将城楼、城墙、绿杨和代表沙的颜色画在右上，暗示诗人的远大抱负。整体构图将诗人与鹓雏放在对角线的两个位置呈现对视姿态，意在表现诗人对它的喜爱，而面带泪水又隐藏着淡淡猜忌。左侧的简易扁舟是扭转的状态，表达了诗人想要扭转乾坤的斗志。

板绘：《锦瑟》

作者：朱贤彤

种类：板绘

创作素材：李商隐《锦瑟》

创作说明：李商隐诗云"沧海月明珠有泪，蓝田日暖玉生烟"，诗意美而朦胧，美好之物瞬息皆化作泡影，只叫人追忆惘然。画作中有瑟、蝶（红珠凤蝶为原型）、杜鹃轮廓、折叠的墙体空间、环绕的烟云、海面，涵盖了诗中绝大部分的意象，色调饱和度低，希望表达出愁绪忧郁的感觉，通过物体空间的排列和大小的失衡，给人比较混沌且朦胧的想象，并不限于男女之情、官场得失……给人以想象的空间。

板绘:《锦瑟》

作者：闫美霖

种类：板绘

创作素材：李商隐《锦瑟》

创作说明：画作以唐朝李商隐所作的《锦瑟》为素材，整体色调采用暖色调与诗中描绘的梦幻温暖的氛围相照应，纵深构图显现出空灵悠远的意境，画中结合了诗中庄生梦蝶、杜鹃啼血、良玉生烟、海上明月等意象，营造一种朦胧的境界。云朵采用多种暖色与诗中"无端五十弦"的意向相照应，意在寓意作者表达的感情之丰富，同时，云烟体现作者认为人生如梦，往事如烟，青春易逝，世事无常这种对人生的思考与感慨。

板绘:《何当共剪西窗烛》

作者：曾骁腾

种类：板绘

创作素材：李商隐《夜雨寄北》

创作说明：选用《夜雨寄北》进行创作，是因为它背后的悲凉绝望。"何当共剪西窗烛，却话巴山夜雨时"，诗中原本充满对未来团聚时的幸福想象，然而李商隐写这首诗的时候却不知道再无和妻子见面的可能了。因此，画作作者用了大面积的暗色来表达这样一种无边无际的绝望，但画作中仍在连绵的雨夜里留下了一点温暖的灯光来表达对于爱和温暖的守望。

板绘:《流莺》

作者：李佩

种类：板绘

创作素材：李商隐《流莺》

创作说明：唐代诗人李商隐借流莺暗喻自己，寄托身世之感，抒写自己漂泊无依、报复难展、佳期难遇的苦闷之情。画面中两只流莺依靠在一起，只有稀疏枝干得以倚着，表现流莺的孤苦无依和苦闷的心情，它们穿梭在风霜雨露早晚阴晴中，振翅在千门万户或开或闭时，无人在意。残留的春色和孤只的流莺互相映衬，更显出伤春之苦吟，令人不忍卒听。用墨色和平淡的色彩表现伤春的残象，在数字板绘的基础上添加一些古色的质感。

明信片设计:《如今好上高楼望》

作者：许冰紫

种类：明信片设计

创作素材：高骈《对雪》

创作说明：配色方面，考虑到诗人既是在写雪景，也是在抒发当下的无奈和伤感之情，所以整体选择了冷色调。但是局部使用的是橘色、红色、粉色等充满希冀意味的暖色调，代表诗人的美好愿望。笔触方面选择厚涂和笔触明显的技法，这是因为这首诗虽然不是直接揭露世道险恶之作，但"盖尽人间恶路歧"一句道出了诗人心中的感慨和不平，所以用冲击力较强又不过分张扬的画风来加以表达。

板绘:《早梅》

作者：邱沈捷

种类：板绘

创作素材：齐己《早梅》

创作说明：《早梅》是晚唐诗人齐己的一首无言咏物律诗，主要写作者在雪后出行看到早梅开放的所见所感，全诗语言轻润平淡毫无浮艳之气，以含蕴的笔触刻画了梅花傲寒的品性及素艳的风韵。画面中的景物是按照诗词中的颔联和颈联"前村深雪里，昨夜一枝开。风递幽香出，禽窥素艳来雪"为主要灵感来源进行创作的：用黑白强烈的色彩碰撞，点线为主的线条表现形式，进行黑白图案设计，最后加以配字，突出雪的洁白与梅花的孤傲冷艳。

第三章　宋元

水彩:《长忆西湖》

作者：赵佳佳

种类：水彩

创作素材：潘阆《酒泉子·长忆西湖》

创作说明：词作主体都在写西湖之景，有钓鱼舟、岛屿、清秋，有芦花荡传来的笛声，有成行惊起的白鹭。但画作灵感则来自词中最后一句——"别来闲整钓鱼竿，思入水云寒"。因这一句表现了词人于西湖秋色中垂钓的姿态和闲适的心境。画作所呈现的即词人坐在秋日的西湖岸边，一边钓着鱼，一边喝着酒。画面中的人物衣着松弛，闭眼静坐，凸显的是他的悠然自得。着色方面，以黑和白为主，用水彩颜料造水墨的风韵，更彰古典素雅之气。

板绘:《对潇潇暮雨》

作者:靳雨桐

种类:板绘

创作素材:柳永《八声甘州·对潇潇暮雨洒江天》

创作说明:柳永在《八声甘州》中描绘了潇潇暮雨在辽阔江天飘洒,经过一番雨洗的秋景分外清朗寒凉的景象,作者以此为主题创作了这幅画。画面整体呈冷色调,渲染了凄然冷落的气氛。画面元素运用了雨后江天、远处驶来的船只、夕阳斜照等事物,雨散云收,秋风渐紧,山河冷落,满目凄凉,那些美好的景色都已经歇息,只有长江水默默向东流淌,思归之情、仕途失意的悲慨暗含其中。

板绘:《中秋月》

作者：江浩瑜

种类：板绘

创作素材：晏殊《中秋月》

创作说明：诗作所写是中秋佳节，月光柔柔地落满院中梧桐，而如此良夜诗人晏殊却羁旅他乡，独自站在角落，无法与家人团圆。诗人由月光想到嫦娥应该也像他一样惆怅和怨恨，因为月宫是清冷的，桂树也在孤单摇曳。画作以嫦娥形象为主体，她周围环绕着月桂树落下的叶子，清清冷冷，衣纱随风而起，孤寂无奈。于此，画嫦娥实则是画晏殊。

水彩:《莲语》

作者:蒋新萍

种类:水彩

创作素材:周敦颐《爱莲说》

创作说明:《爱莲说》通过对莲的形象和品质的描写,歌颂了莲花坚贞的品格,从而也表现了作者洁身自爱的高洁人格和洒落的胸襟。画中两朵莲花挺立在深水池中央,中通外直,不蔓不枝,香远益清,亭亭净植。它内心世界通达,外形刚直,不像藤蔓那样四处蔓延,也不像枝干那样四处纵横。但是香气却远而清纯芬芳,亭亭玉立的身影犹如在水佳人,只能在远处观赏,但是不可以亵渎玩耍,应该尊重。

水彩:《莲·鲤》

作者：李甜甜

种类：水彩

创作素材：周敦颐《爱莲说》

创作说明：周敦颐的《爱莲说》中讲莲花出淤泥而不染，濯清涟而不妖，让画作绘制者感受到了莲花的君子形象，画中又添上了两条锦鲤，增加画面的趣味性和丰富性，主色调选用蓝色，莲花洁白，更显得一种清幽，庄严肃穆，突显莲花中通外直的坚韧，不蔓不枝的正直、纯洁。画作作者用莲花抒情，表达自己内心向往着美好、宁静，向往君子气魄，希望自己能朝着更好的方向发展。

板绘:《莲·立》

作者：潘雨欣

种类：板绘

创作素材：周敦颐《爱莲说》

创作说明：北宋周敦颐的《爱莲说》歌颂了莲花坚贞的品格，从而也表现了作者洁身自爱的高洁人格和磊落的胸襟。画中周敦颐拿着毛笔站在满是莲叶的莲花池中，表现出了周敦颐对莲的喜爱。画中莲花粉红白净、枝干挺直表现了文章中莲花的"出淤泥而不染""中通外直，不蔓不枝"，从而体现了莲花的高尚坚贞。画中周敦颐思索着向远方，描绘的是周敦颐不从众只求纯净的心态，在碌碌尘世中是难能可贵的。

板绘：《车头小女双垂髻》

作者：么忧辰

种类：板绘

创作素材：梅尧臣《又和》

创作说明：中国古人的发式不断在传承中出新，宋代女性的发式造型更是千姿百态，根据头发的梳绾方法，发式主要分为"髻""鬟"两种。髻是实心的，鬟是环形中空的。妇女多梳髻；庄重典雅的少女多梳鬟，为显活泼可爱的则梳双垂髻。梅尧臣在《又和》诗中曾提道"车头小女双垂髻"，图中女子发式即为双垂髻，将头发分成两部分，在头的两侧各盘卷一垂髻，称"双垂髻"，亦称"双髻"。一般未婚女子或侍女、婢伎、童仆等都梳这种发式。

板绘:《画眉鸟》

作者:徐涵依

种类:板绘

创作素材:欧阳修《画眉鸟》

创作说明:自然中的画眉鸟千啼百啭,使得山花更是赏心悦目。关在笼里的鸟儿羡慕飞在林间的画眉鸟,自由自在,无拘无束。作者欧阳修此时因在朝中受到排挤而被贬到滁州,表现出诗人对禁锢人才的憎恶与否定、对自由生活的热爱与向往。看山花烂漫、叶木葱茏,管什么金带紫袍。画面所表现的正是一只在自然"山花红紫树高低"中啼叫的画眉鸟,鸟儿在捕食、歌唱。这个板绘参考了国画工笔的画法,更加仿古,场景简单,表现了诗人被贬时内心的渴求。

板绘:《醉翁之意》

作者：孔令东

种类：板绘

创作素材：欧阳修《醉翁亭记》

创作说明：《醉翁亭记》中描述了山水相映之美，在欧阳修笔下，醉翁亭的远近左右是一张山水画，有山、有泉、有林、有亭，然而他又没有孤立用墨，而是交织一体，既各尽其美，又多样统一。画作绘制者依据《醉翁亭记》的描述，以群山作为背景，一泉环绕而过，林深路曲，泉流弯旋，则"有亭翼然临于泉上"，山与泉相依，泉与亭相衬，一幅画中山水亭台，一应俱全，且辉映生色，构置成诗一般的优美境界。

摄影:《游开元寺》

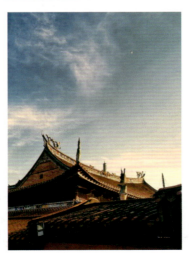

作者：黄紫馨

种类：摄影

创作素材：蔡襄《游开元寺》

创作说明：宋代诗人蔡襄曾在古诗《游开元寺》中赞叹过开元寺塔高耸入云，拍摄者在阅读诗作后，切身实地地在家乡的开元寺进行了考察调研。在摄影的过程中，深刻地感受到了唐宋古建筑的材料、构造、历史底蕴等，练习了摄影构图软件修图等技能，深入这些海上贸易和东西方文明交融的景点，见证了"刺桐"这座古代"东方第一大港"的地位、风韵和奉献。

板绘:《钓鱼船上谢三郎》

作者：马紫树

种类：板绘

创作素材：俞紫芝《阮郎归·钓鱼船上谢三郎》

创作说明：词作刻画了一位白发苍苍、安于清贫、不屑于仕进的渔翁形象，极具隐士风度。画作虽是板绘，但作者选择用国画创作中的水墨渲染手法来表现清幽闲适的氛围，以应词作古典雅致之气。整幅画面虚实相生，渔夫作为一个实点，整个空间背景相对来说做虚化的处理，画面没有太多描摹客观事物的笔触，而注重写意，更突出渔翁安闲自得垂钓的意境。

水彩:《山色空蒙雨亦奇》

作者：沈正华

种类：水彩

创作素材：苏轼《饮湖上初晴后雨》

创作说明：这幅作品的灵感来源于北宋文学大家苏东坡先生游玩西湖的组诗作品，"水光潋滟晴方好"即在灿烂的阳光照耀下，西湖水波荡漾，波光闪闪，绘制者所作的画面取自第二句诗中雨天的景色，"山色空蒙雨亦奇"，在雨幕笼罩下，西湖周围的群山，迷迷蒙蒙，若有若无，非常奇妙，用色清雅，画面空灵恬淡，是"淡妆"的西子，符合诗人对西湖新颖的比喻和升华。

综合绘画:《江城子·密州出猎》

作者：赵红宇

种类：综合绘画

创作素材：苏轼《江城子·密州出猎》

创作说明：绘画使用麻布作为介质，以墨汁和水粉颜料为绘画材料。用水打湿麻布，将墨汁滴落在浸满水的麻布上，再将麻布吊起来，使墨汁自然下流形成轨迹，以此来表现苏轼出猎时骑马奔腾的雄风和动势。红点代表飞奔的猎物，冲在最前面的则是意气风发的苏轼。用墨汁加水体现出自由流动的状态来表现飞驰的骏马，还体现出了策马奔腾的动势。这也表现出苏轼不服老的心态，冲在第一的位置也有如此的表达，同时还体现了盼望得到朝廷重用的心情。

板绘:《明月几时有》

作者：陈岷

种类：板绘

创作素材：苏轼《水调歌头·明月几时有》

创作说明：作品以《水调歌头》中的"人有悲欢离合，月有阴晴圆缺"一句进行创作，整幅画面以黑白水墨风格为主，刻画圆月与弯月相映衬的形式来表现月亮的阴晴圆缺，画面中心一抹红色描绘的是中秋佳节低头思绪怀念佳人的人物形象。所表达的正是月圆中秋之夜远在异乡的游子们那种孤独悲寂之感以及对家乡亲友的无比思念之情。

板绘:《把酒问青天》

作者：何祉璇

种类：板绘

创作素材：苏轼《水调歌头·明月几时有》

创作说明:《水调歌头》是苏轼的代表作之一，极富浪漫主义色彩。作者既标举了绝尘寰的宇宙意识，又摒弃了"在神奇的永恒面前错愕"的情态，苏轼努力从自然规律中寻求"随缘自娱"生活意义的态度深深打动了我，所以这幅画用了比较意向的创作方法来完成，着重表现诗人当时所处环境的孤寂凄清、一片苍茫，但所思却显得辽远深刻，空中皎皎孤月轮，诗人在中秋之夜大醉，思索直至天亮。我将诗中的虚实交错融入画中，与传统水墨相结合，诗人把酒与月对立，可感他怀人的寂寥，此景更显苏轼的超然旷达。

板绘:《月思》

作者：王一竹

种类：板绘

创作素材：苏轼《水调歌头·明月几时有》

创作说明：在苏轼先生所写的《水调歌头·明月几时有》中，通过对明月的向往，睹物思情，表达对多年未见的弟弟苏辙的思念之情。诗人寄明月以相思之情，神游广寒宫，即使是天上的神仙，此时此刻也孤寂难眠。"转朱阁，低绮户，照无眠"，诗人好似真的乘风而去，至上九霄到了那广寒宫一般，如亲眼所见。画中的苏轼举起酒杯望向明月，抒发内心感慨，竹影摇曳，微风吹拂，诗人神态洒脱，体态放松，在美酒与明月的映衬下作诗一首。

板绘:《我欲乘风归去》

作者:黄侣

种类:板绘

创作素材:苏轼《水调歌头·明月几时有》

创作说明:丙辰中秋,苏轼与弟弟苏辙有六年未能相见,一个人喝得酩酊大醉,便作了这首《水调歌头》。我画了作者苏轼拿手中拿着酒壶,看着圆月,表现的是"明月几时有,把酒问青天"。苏轼身后有高耸的山,山头上有朱红色的楼阁,表现的是"不知天上宫阙""又恐琼楼玉宇"。朱红色楼阁旁的圆月与拿着酒壶的作者相呼应,表现的是作者内心感叹"人有悲欢离合,月有阴晴圆缺"的悲伤。

书法及手绘：《水调歌头·明月几时有》

作者：战艺炜

种类：书法及手绘

创作素材：苏轼《水调歌头·明月几时有》

　　创作说明：苏轼是一位性格豪放、气质浪漫的文学家，当他抬头遥望中秋明月时，其思想情感犹如长上了翅膀，天上人间自由翱翔。《水调歌头·明月几时有》写中秋月景，画中运用冷暖结合，虽然没有画出月亮，但也可以体会到月亮的美好以及月光的寒气逼人。"又恐琼楼玉宇，高处不胜寒"这一转折，写出词人既留恋人间又向往天上的矛盾心理。画中天与地的玉兔表达了词人留恋人世、热爱生活的思想感情，显示了词人开阔的心胸与超远的志向，也是对一切经受着离别之苦的人表示的美好祝愿。

板绘:《明月·飞天梦》

作者：李彧

种类：板绘

创作素材：苏轼《水调歌头·明月几时有》

创作说明：苏轼的《水调歌头》立意高远，构思新颖，意境清新如画。古时月，今世人，一轮明月照古今，如今国富民强，人们幸福生活，每到佳节都能与家人相聚。而一个国家的航空航天技术，是一个国家探索太空宇宙秘密的根源，嫦娥五号飞得越高，也意味着人类可以走得更远。中国的历史如老者，发展如壮年，在新老交替、深厚文化背景下，一次次成功的取得都是人民不断对生活品质的追求和对美好生活的向往。

手绘:《乳燕飞华屋》

作者：郭佳仪

种类：手绘

创作素材：苏轼《贺新郎·夏景》

创作说明：苏轼有词云"乳燕飞华屋。悄无人、桐阴转午，晚凉新浴。"唐宋时期是最繁华的时代，在建筑上也有非常大的进步，比如，规模大、技术成熟、有专门的设计师来为你设计房屋，这类专业人员叫作"都料"。砖石技术得以运用在建筑上，建筑艺术。唐朝建筑的整体特点是气势宏伟，规划严整。房屋的设计也很有特色，特有的斗拱结构让唐朝的建筑做到了既有力，又具有美感。因此，选择以唐朝图画史料中二层重檐歇山顶的图片，结合环艺专业创作了一幅建筑手绘。

板绘:《莫听穿林打叶声》

作者：陈科羽

种类：板绘

创作素材：苏轼《定风波·莫听穿林打叶声》

创作说明：画面主要表现的是诗人雨中潇洒徐行于林间的情形，春雨打落了嫩叶，也打湿了诗人，而诗人却毫不在意，他拄着竹杖，踏着草鞋，披着蓑衣，任凭风吹雨打，他只管走自己的路，他相信，太阳不久后便会升起，希望的曙光就在前方，画面中的那一抹黄也暗示了光明即将来临，作品只刻画了作者一人，因为此一行人中只有作者一人面对风雨拥有平静悠闲的心态，于是便把同行者给省略了，突出了作者积极乐观的心态。

板绘:《一蓑烟雨任平生》

作者：汪映彤

种类：板绘

创作素材：苏轼《定风波·莫听穿林打叶声》

创作说明：在《定风波·莫听穿林打叶声》中，苏轼竹杖、芒鞋漫步在小路上，在淅淅沥沥的风雨中吟啸而来，"同行皆狼狈，余独不觉"体现了苏轼的洒脱和可爱，传达出一种笑傲人生的轻松和豪迈之情。画作想要表现的就是这一幕：苏轼穿着蓑衣斗笠，明明冒雨前行，却不觉得自己狼狈得自信洒脱。"一蓑烟雨任平生"更进一步，表达了由眼前风雨推及整个人生，不畏坎坷，阔达豪放之意。

水粉:《料峭春暖》

作者:李佳琪

种类:水粉

创作素材:苏轼《定风波·莫听穿林打叶声》

创作说明:下雨天,整个环境都是阴冷的,不免让人神伤。但在苏轼眼中,这并不算什么,且在雨中潇洒徐行。雨后"料峭春风吹酒醒,微冷,山头斜照却相迎"表达自己对生活的一种积极态度。画面意在绘出雨后所传递出的那一丝温暖,给人以希望。整体采用冷色调,所有物体都不清晰,唯有暖黄色的阳光格外突出。

板绘：《蓑衣斜照》

作者：张嘉慧

种类：板绘

创作素材：苏轼《定风波·莫听穿林打叶声》

创作说明：这幅板绘作品取材于苏轼的《定风波·莫听穿林打叶声》：在幽深的树林中，拄着竹杖，穿着芒鞋，身披蓑衣的苏轼独自一人行走在泥泞的土地上，经历过风雨后的树林迎来了斜照的阳光，洒在林间。整幅画以写实的手法表现，通过近中远景将画面的层次感与纵深感呈现出来，借助冷暖疏密虚实明暗的对比让画面内容丰富且有意境。苏轼行进的前方是一片坦途还是险途不得而知，但"也无风雨也无晴"却是他的精神境界所在。

水彩:《念奴娇·赤壁怀古》

作者：王宜彬

种类：水彩

创作素材：苏轼《念奴娇·赤壁怀古》

创作说明：原诗描写的是大江之水滚滚东去，千古风流人物种种，苏轼借此作怀古抒情，写自己壮心消磨殆尽的悲情，同时也表达了旷达之心以及对历史和人生的关注。画作运用的材料是水彩，画面的绝大部分是滚滚长江之水，右下角是苏轼，他来到此地，面对着无尽长江之水，心中思绪万千，无限感慨。画中的长江之水，惊涛拍岸；天上一轮圆月，与苏轼隔江相对，仿佛照见他激荡千古的情怀。

雕塑：《不识庐山真面目》

作者：杨溢欣

种类：雕塑

创作素材：苏轼《题西林壁》

创作说明：苏轼在《题西林壁》中点明不识庐山真面目的原因，就是因为身在庐山之中，视野为庐山的峰峦所局限，看到的只是庐山的一峰一岭一丘一壑，局部而已，这必然带有片面性。游山所见如此，观察世上事物也常如此。由于人们所处的地位不同，看问题的出发点不同，对客观事物的认识难免有一定的片面性；要认识事物的真相与全貌，必须超越狭小的范围，摆脱主观成见。雕塑作品中的小人身处杯壁之内，从他的视角来看，只能看到洞中的局部，但当人们从照片的整体视角去看，能够看到整体。

板绘:《初夏》

作者：邹贝贝

种类：板绘

创作素材：苏轼《阮郎归·初夏》

创作说明：苏轼这首写女性的闺情词，不像其他闺情词一样总离不开相思、孤闷、疏慵、倦怠的种种弱质柔情。在他的词中，女主人公单纯、天真、无忧无虑，不害单相思，困了就睡，醒了就去贪赏风景，拨弄清泉。她热爱生活，热爱自然，愿把自己融化在优美的大自然之中，与初夏的勃勃生机构成一种和谐的情调。画作也着意表达这种独特的女性之美与自然美的融合。

板绘：《登快阁》

作者：王梦瑶

创作种类：板绘

创作素材：黄庭坚《登快阁》

创作说明：《登快阁》是黄庭坚在太和知县任上登快阁时所作的抒情小诗。绘制者根据诗人登快阁描绘的自然景象进行创作，画面中快阁依山而建，坐落于水边，青山绿水，云雾缭绕，一只小船行驶在这美丽的景象中，几只白鸥自由地飞过。颈联一个"横"字用得很生动，将诗人无可奈何、孤独无聊的形象神情描绘出来。所以绘制者使用冷色调进行创作，更加营造出孤独寂寥的气氛，表达出诗人对官场生涯的厌倦和对登快阁亭自然景色的陶醉。

板绘：《藕花深处》

作者：王燚

种类：板绘

创作素材：李清照《如梦令·常记溪亭日暮》

创作说明：人称"千古第一才女"的李清照被世人称为"词压江南，文盖塞北"，少女时代的她浪漫洒脱，笔墨之间挥洒自如。这首小令用词简练，写出了作者青春年少时的好心情，让人也想跟她荡游在黄昏的荷田间，感受那受惊飞起的鸥鹭。正所谓少年情怀自是得，无法重演那一幕的精彩，便让人在画中沉醉一下吧。

板绘:《溪亭鸥鹭》

作者：商释蓝

种类：板绘

创作素材：李清照《如梦令·常记溪亭日暮》

创作说明：李清照的《如梦令·常记溪亭日暮》体现了少女的纯真之美，清新怡人，充满情趣。因此，整幅作品都用了亮丽的颜色来体现少女世界的单纯和欢欣，溪水上的点点星光、岸边鲜艳的野花、惊醒起飞的鸥鹭——创作者将移动的风景和作者怡然自得的心境结合在一起，让人想回到无拘无束的少年时代。

板绘:《蹴罢秋千》

作者：郝婉莹

种类：板绘

创作素材：李清照《点绛唇·蹴罢秋千》

创作说明：李清照的《点绛唇》描写了一位少女荡完秋千，看到客人到来，来不及整理衣裳，害羞地跑开却忍不住回头看，还要嗅嗅青梅作掩饰的纯情神态。这幅板绘作品正是根据"和羞走，倚门回首，却把青梅嗅"这句诗所描写出的少女怕见又想见，想见又不敢见的微妙心理和门前的青梅树场景所绘，还原出一个灵动可爱的少女形象。

水彩：《昨夜雨疏风骤》

作者：潘敏

种类：水彩

创作素材：李清照《如梦令·昨夜雨疏风骤》

创作说明：在李清照《如梦令·昨夜雨疏风骤》一词中，展现了一个闺中少女爱花、惜花的形象，体现了词人惜春的心理，反映对青春易逝的感慨之情。图中以人物为主体，身后窗户以及花草树木作为背景，由此创作一个在窗边托腮望向远处的闺中少女的形象，表现了一个惜花而痛饮，因情知花谢的人物。

板绘:《归渡》

作者：房祖德

种类：板绘

创作素材：李清照《如梦令·常记溪亭日暮》

创作说明:《如梦令·常记溪亭日暮》是反映李清照早期生活之作，虽寥寥数字却侧面描写出来游玩时候的乐趣。画作依据李清照词中所写的日暮将夜的荷塘小景，配上蓝绿色的色调，体现时候不早，茂密的荷叶下行船已是步入了荷塘深处，沿路所飞起的白鹭本来因暮色渐晚在休息，却因为驶来的行船纷纷飞起，将夜的天，茂密的荷叶，行船与惊起的白鹭，从这些美好的景象均体现出这游玩后的趣景。

基于移动数字媒体艺术的学习平台宣传方案

作者：沈心怡、谢樱格、邓雨佳、杜瑶、范梓佳

种类：基于移动数字媒体艺术的学习平台宣传方案

创作素材：范仲淹《渔家傲·秋思》、李清照《醉花阴·薄雾浓云愁永昼》、姜夔《扬州慢·淮左名都》、苏轼《江城子·乙卯正月二十日夜记梦》、赵佶《眼儿媚·玉京曾忆昔繁华》

创作说明：该设计方案以"赏中华诗词，寻文化基因，品生活之美"为宣传主线。创作初衷一方面来自中国古典文学中对"诗画同源"的论述，另一方面则受启发于宋词中时常出现的佳人、墨客、帝王、将军、青楼五个经典意象。设计者在这套宣传方案中加入了二维码，用户想要了解作品对应的人，只需通过手机扫描图片中的二维码，即可获得词作的全文、翻译和作者简介。由于宋词属于古典文学范畴，具有深厚的历史文化底蕴，所以设计者降低了画面原本颜色的纯度，使画面整体呈现出偏灰调的风格。

板绘:《声声慢·寻寻觅觅》

作者：赵汉卿

种类：板绘

创作素材：李清照《声声慢·寻寻觅觅》

创作说明：画作表现的是深秋湖水倒映着枯木剪影。湖面上漂散着几片落叶，一片萧瑟凄凉的情景。"寻寻觅觅，冷冷清清，凄凄惨惨戚戚"，画作为这七组叠词附上了具体的意象。《声声慢》中描写的季节是深秋，那时天暗云低，冷风正劲，远处传来孤雁的一声悲鸣，四周潇洒着无边落叶。到了黄昏时，湖面上又下起了雨，点点滴滴，落到了梧桐树上。疾风骤雨，落叶孤树，此作正意在将一股扑面而来的孤寂寒凉气氛诠释出来。

板绘:《小重山·绿树莺啼春正浓》

作者：武心然

种类：板绘

创作素材：何大圭《小重山·绿树莺啼春正浓》

创作说明：宋代词人何大圭有词云："绿树莺啼春正浓，钗头青杏小，绿成丛。玉船风动酒鳞红。歌声咽，相见几时重？车马去匆匆，路随芳草远，恨无穷。相思只在梦魂中。今宵月，偏照小楼东。"这首词抒发的是伤离惜别之情，全词以景衬情，思绪绵绵。造语婉妙，余味悠长。本作品以今宵月夜为背景，渲染梦魂中的相思之情，画面着意突出"玉船风动酒鳞红"一句，借鱼雁传书的典故来表达相思的"恨无穷"之意。

摄影：《问猫》

作者：牛淼杰

种类：摄影

创作素材：陆游《赠猫》

创作说明：宋代诗人陆游有诗云："执鼠无功元不劾，一箪鱼饭以时来。看君终日常安卧，何事纷纷去又回？"诗中描写了猫儿的可爱行为以及对猫咪的喜爱，深深地触发了拍摄者对小猫咪的好奇，于是在一个温暖的午后，拍摄了这张小猫咪本性好奇又满含惬意的照片。

水彩:《腊八粥》

作者：邹珊珊

种类：水彩

创作素材：陆游《十二月八日步至西村》

创作说明：陆游在《十二月八日步至西村》中讲述了一个温暖的故事，腊月的微风里已经有了春意，因为邻居赠送的一碗腊八粥，陆游越发觉出江边小村春的气息。因而画作运用暖色去烘托浓浓的暖意，用瑞雪、梅花、喜鹊、窗棂等传统意象营造新春将至，红火吉祥的氛围，节日里的一碗腊八粥，就是将这一年的酸甜苦辣和人生感悟，以岁月的文火慢炖而成了一碗甜蜜、一碗浓郁、一碗乡愁和一碗情深意长……

板绘:《伤心桥下》

作者:贺清

种类:板绘

创作素材:陆游《沈园二首·其一》

创作说明:"伤心桥下春波绿,曾是惊鸿照影来。"沈园已经不是原来的亭台池阁。那座令人伤心的桥下,春水依然碧绿,当年在这里我曾经见到她惊鸿一现的美丽身影。画中展现的是陆游在《沈园二首·其一》的片段,表达陆游对原配夫人的思念之情,看着桥下碧波荡漾的倒影回想着那年与她相见的美好景象令人心怀伤感。

板绘:《惊鸿》

　　作者：王孙墨雪

　　种类：板绘

　　创作素材：陆游《沈园二首·其一》

　　创作说明：以陆游的《沈园二首·其一》为主题，使用黑白画与皮影戏的素材表现画面。描绘了陆游在游沈园时思念逝去的原配夫人的场景，画面中以黑白两种底色展现陆游与原配夫人阴阳两隔。她虽早已不在人世，但诗人的悲悼之情始终郁积于怀，重游故地更是触景伤情。

国画:《沈园》

作者：梁意

种类：国画

创作素材：陆游《沈园二首》

创作说明：这两首诗是陆游在七十五岁重游沈园时为怀念其原配夫人而创作的两首悼亡诗。诗人写到沈园已经不是原来的池阁亭台。湖水碧绿，仿佛是倩影如惊鸿飘来。她去世四十多年了，沈园的柳树也老了。画作作者读到这两首诗时也感到十分悲伤，于是创作了这幅作品，幻想这是从前的沈园，年轻的陆游和原配夫人在绿意盎然的亭台春景中赏春吟诗。

板绘:《寻》

作者：袁佳晨

种类：板绘

创作素材：陆游《沈园二首·其一》

创作说明：晚年的陆游到沈园悼亡，试图寻找离世的原配夫人的印记，却已物是人非，杨柳都已苍老得不再逢春开花飞絮。斜阳渲染了悲伤的氛围，桥也是伤心的桥，只有桥下的绿水使他想起亡妻的绰约身影，而自己已年过古稀，只能泫然涕下。画作意在呈现的就是这样一个孤独落寞的诗人形象。

板绘:《腊前月季》

作者:陈雨佳

种类:板绘

创作素材:杨万里《腊前月季》

创作说明:杨万里写此诗既有对月季花的精勾细摹,又有诗人的感情抒发,表露诗人腊月前见月季的欣喜之情。在万物凋零的冬季,绘制者和朋友在河边散心,看到月季,谈及月季,此花四季展浓艳,一年播芬芳,品格高雅,令人心生钦佩。因此,绘制者创作了这幅数字绘画《腊前月季》。由"一尖已剥胭脂笔,四破犹包翡翠茸"生发,画作重在表现月季的含苞或怒放的姿态,凌寒亦斗雪的品格。

陶艺:《小池》

作者：胡文曦

种类：陶艺

创作素材：杨万里《小池》

创作说明：此诗是一首清新的作品。一切都是那样细，那样柔，那样富有情意。它句句是诗，句句如画，展示了明媚的初夏风光，自然朴实，又真切感人。诗中描写的一个泉眼、一道细流、一池树阴、几片小小的荷叶、一只小小的蜻蜓构成一幅生动的小池风物图，表现了大自然中万物之间亲密和谐的关系。依据此诗所创作的这件陶艺作品，以黄泥为原料，表达大自然的朴实气息，蜿蜒的藤蔓冲破层层阻碍蓬勃生长，就像小荷冲破厚厚的淤泥崭露头角般，表达初夏时节的生机盎然。

板绘:《小池》

作者：谢宇欣

种类：板绘

创作素材：杨万里《小池》

创作说明:《小池》是一首清新的小品，它句句是诗，句句如画，展示了明媚的初夏风光，自然朴实，又真切感人。作者依据小池中的两句"小荷才露尖尖角，早有蜻蜓立上头"来创作的这幅画，画中无水，仅以倒影表示水面清澈平静，在荷叶刚从水面上探出一个尖尖的角时，就有一只蜻蜓早早地立在了上面。

海报设计：《破阵子·为陈同甫赋壮词以寄之》

作者：曹盈

种类：海报设计

创作素材：辛弃疾《破阵子·为陈同甫赋壮词以寄之》

创作说明：词作描绘了一位披肝沥胆、忠贞不贰、勇往直前的将军的形象，表现了词人的远大抱负，抒发了"壮志难酬"的悲愤。壮和悲、理想和现实，形成强烈的反差。该海报使用意象化的黑云分割整体，体现了战事的压抑与反差。海报下方是行进的军队，采用白色与黑云产生区别并点明了"战争"。中间是抚剑的辛弃疾的形象，表现出他壮志难酬的悲愤。上方是艺术字体写的题目"破阵子"，其中"破阵子"三个字中的每个字都有红色部分相互连接，并延伸出意象化的旗子。左方是帘子，用于平衡画面黑白构成与分割空间，帘后象征的是南宋腐败无能的朝廷。海报整体颜色为红、黑、白，体现了严肃与伤感。

板绘:《元夕》

作者：陈思佳
种类：板绘
创作素材：辛弃疾《青玉案·元夕》
创作说明：辛弃疾在《青玉案·元夕》的开头描绘了元宵佳节"火树银花"的热闹场景，反衬出"灯火阑珊处"那个人的与众不同。全文主要运用反衬的表现手法，表达作者不与世俗同流合污的精神追求。画作作者以这首词最广为流传的一句"众里寻他千百度，蓦然回首，那人却在灯火阑珊处"为中心进行了创作，主体人物周围采用了流动的光斑代表"灯火阑珊"以烘托气氛。虽然辛弃疾的作品大多豪放，但《青玉案·元夕》却是偏唯美的，所以这幅画作整体基调也偏向温柔唯美。

板绘：《水龙吟·登建康赏心亭》

作者：尹梦竹

种类：板绘

创作素材：辛弃疾《水龙吟·登建康赏心亭》

创作说明：字体从宋代书法大师宋徽宗赵佶、宋高宗赵构、苏轼、米芾、黄庭坚的字帖中提取元素设计而成。封面logo以龙的形象代"词中之龙"辛弃疾，它身后的高阁被群山环绕，象征词人壮志难酬。画作主体用红色与灰蓝色表作者心境之色，担忧错杂着恐惧。首幅呈现"落日楼头，断鸿声里"之景，大视角刻画词作的氛围；次幅描绘"把吴钩看了，栏杆拍遍"之态，显示词人的孤寂和无奈；末幅人物面朝落日，暗示南宋国势衰颓，而词人已过壮年，无力回天。

板绘:《水龙吟·登建康赏心亭》

作者:阳铭涓

种类:板绘

创作素材:辛弃疾《水龙吟·登建康赏心亭》

创作说明:《水龙吟·登建康赏心亭》是辛弃疾在建康通判任上所作。全词通过写景和联想表现了词人恢复中原国土,统一祖国的抱负和愿望无法实现的失意的感慨,深刻揭示了英雄志士有志难酬、报国无门、抑郁悲愤的苦闷心情,表现了词人诚挚的爱国情怀。画作着意刻画的就是这样的一个词人的形象。

板绘:《永遇乐·京口北固亭怀古》

作者：杨紫琼

种类：板绘

创作素材：辛弃疾《永遇乐·京口北固亭怀古》

创作说明：第一张作品是模仿黑白木刻版画，使用绘画软件中的糖霜笔刷来仿制木板雕刻，仅仅使用黑白两色，形成强烈对比。绘图左下部分是对诗人写下诗词时忧虑悲愤、希望为国效力的壮烈形象的写照，背景加以陡峭山峰和松树，借景衬托词人当时来到京口北固亭登高眺望，怀古忆昔，想要报国却"无门"的内心。右上角所绘制的形象是率军北伐、气吞胡虏的刘裕，与词人形成对角结构，丰富画面。第二张与第三张分别使用了灰泥和壁画笔刷，整体背景采用棕灰色系，营造出石木与水墨画质感，既让画面有了不同表现效果和意境美，也将现代科技绘画与中国古典艺术创作手法结合，古朴与现代充分融合。

板绘:《梅花枝上东风软》

作者:王家骏

种类:板绘

创作素材:赵长卿《菩萨蛮·梅花枝上东风软》

创作说明:宋代词人赵长卿有词云:"梅花枝上东风软,朝来吹散真香远,雅淡有余清,客心和泪倾。美人临别夜,月晃灯初地,玉枕小屏山,眉尖曾细看。"词中主要描述了梅花的美、雅、清、冷艳,依据这些特性,画作运用以青色为主的色调,辅以皮肤的粉红色与其余的白色,整体为梅花的配色,体现了高雅的感觉。扇子遮住脸庞,又隐隐透光,给人一种若有若无的距离感,透过扇子淡淡的微笑又让人物稍感亲切,让作品整体体现冷而艳的气质。

纸本白描:《寒菊》

作者：梁意

种类：纸本白描

创作素材：郑思肖《寒菊》

创作说明：这幅作品采用的是半生熟的皮纸，主体是用毛笔白描勾勒的枯萎的菊花。《寒菊》诗中描述的菊花，凋谢后不落，仍系枝头而枯萎，是"抱香死"，绝不因为寒风凛冽而被吹落。诗人以寒菊不屈于北风表达自己忠于故国决不向新朝俯首的凛然气节。所以画中的菊花花瓣、花叶枯萎蜷曲，毛笔勾勒的线条粗细起伏变化很大且时有断笔。因被寒风吹拂而向一个方向倾斜，但菊花没有因此被折断或倒下，花头也依旧牢牢立在枝头，就是为了表现诗中表达的坚贞不屈的高尚民族情操。

元

板绘:《天净沙·秋思》

作者：王佳雨

种类：板绘

创作素材：马致远《天净沙·秋思》

创作说明：画作化用了《天净沙·秋思》中"枯藤、老树、昏鸦、小桥、流水、人家"这六个典型的意象，色彩上做了灰暗的处理，尤其是在枯树和枝头栖息的乌鸦，以此来表达在幽远的秋原暮色中，寂寞的旅人和他悲凉的情怀，并且反映了当时文人忧郁而又看不到出路的心境。

板绘:《潼关怀古》

作者：钱玥

种类：板绘

创作素材：张养浩《山坡羊·潼关怀古》

创作说明："峰峦如聚，波涛如怒，山河表里潼关路。望西都，意踌躇。伤心秦汉经行处，宫阙万间都做了土。兴，百姓苦；亡，百姓苦。"张养浩看到黄河，遥望长安，以此为景写下此曲，登高眺远，万山丛中只一人更显萧瑟。画作用统一的黄灰色调，渲染出凄凉的氛围。

第四章　明清

版画:《林教头风雪山神庙》

作者: 卢政吉

种类: 版画

创作素材: 施耐庵《水浒传·林教头风雪山神庙》

创作说明: 小说中此章回讲的是林冲遭高俅陷害,被发配沧州,路上被陷害的鲁智深搭救,到达沧州看守草料场,陆虞侯受高太尉指使设计,要害林冲性命,被林冲识破杀死。正是这次事件,使得林冲对官场失去信心,被逼上梁山。画作整体使用灰蓝色调,其中一点红色渲染了寒冷孤独的场景气氛,同时体现出林冲的一身正气、侠义气概。

板绘：《石灰吟》

作者：程欣怡

种类：板绘

创作素材：于谦《石灰吟》

创作说明：画作作者在第一次朗诵《石灰吟》时脑海中便浮现出这样一个画面——熊熊烈火不断燃烧，烟雾弥漫笼罩于天际，在烟雾缭绕的天空上方若隐若透露出的是坚定不移的魂魄、誓死不屈的灵魂，更是一尘不染的清白身躯。于是将这些元素提取了出来，以暗夜为背景，主体为正在燃烧的熊熊烈火与一双坚定的眼眸，表现出"烈火焚烧若等闲""浑不怕"的既视感。其中眼睛的灵感来源于夜行捕猎者——猫头鹰，它们穿梭于夜色，认准了猎物就快速出击绝不妥协，也契合了诗中表达出的坚毅之感。画面整体以红、黄、黑、白为主，与诗相符给人以强烈"痛"感。

国画：《树魂》

作者：于惠馨

种类：国画

创作素材：归有光《项脊轩志》

创作说明：《项脊轩志》以作者居住的项脊轩为背景，刻画了祖母、母亲和妻子的形象，表达了对三位女性的怀念之情。最后落笔一棵枇杷树，是作者与妻子美好爱情的象征。画作作者选取了一棵落叶的枇杷树，着重刻画了落叶，是想表达落红不是无情物，他们之间的真挚情感不会消失，而是绵绵不绝。

纸墨手绘：《嘴脸》

　　作者：毛诗媛

　　种类：纸墨手绘

　　创作素材：宗臣《报刘一丈书》

　　创作说明：采用国画的表达形式，用墨和毛边纸来描绘《报刘一丈书》的各个主要场面，概括文章的主要内容，展现文章作者想要讽刺、批判的当时官场的恶浊腐败。

板绘:《干谒记》

作者:朱聃凝

种类:板绘

创作素材:宗臣《报刘一丈书》

创作说明:作品依据宗臣的《报刘一丈书》创作而成,为画像砖风格连环画,阅读顺序从右至左。画作意在呈现出一个小官僚用尽方法向掌权的"相公"干谒拍马,从而获得"上下相孚"的全过程。

国画：《上下相孚》

作者：杜佩霖

种类：国画

创作素材：宗臣《报刘一丈书》

创作说明：《报刘一丈书》是明代文学家宗臣创作的一篇讽喻散文，体现了作者对官场上下相孚现象的厌恶。文章生动刻画了趋炎附势的小人、狐假虎威的门人和虚伪的相公三个人物。绘制者通过拟物的方式表现了三个人的形象，分别是任人轻蔑的鼠辈、中饱私囊的狐狸和官威逼人的老虎。

板绘:《牧丹亭中人》

作者:朱文语

种类:板绘

创作素材:汤显祖《牡丹亭》

创作说明:烛光摇曳,昏黄的灯火照亮她明媚的侧脸。画面的周围用模糊的笔触,再点入墨迹,更染神秘的气氛,亦人亦鬼,亦情亦痴。这位身着明黄色戏袍的女子为杜丽娘,她是明朝著名戏曲家汤显祖笔下为情而死、因爱重生的曼妙女子。"情不知所起,一往而深。生者可以死,死者可以生。生而不可与死,死而不可复生者,非情之至也。"《牡丹亭》四百载依然动人心魄,光芒四射。

清

板绘：《聊斋之路》

作者：林伟杰

种类：板绘

创作素材：蒲松龄《聊斋志异》

创作说明：这幅画作的创作灵感来源于清代小说《聊斋志异》，下图中崎岖的小路象征着蒲松龄在创作《聊斋志异》时所经历的坎坷和磨难，小路蜿蜒最终通往了上图中那个充满神秘和玄幻的世界。在创作过程中，绘制者采用传统山水画的构图和表现形式，但运用了更加浪漫写意的笔触和色彩区别于传统的山水画，也加入了一些壁画中"飞天"的表现元素，试图通过这样一些清新自然的山水风光元素来表现这部小说中浓郁的浪漫主义色彩。

板绘:《鬼狐》

作者：梁硕楠

种类：板绘

创作素材：蒲松龄《聊斋志异》

创作说明：蒲松龄笔下的狐妖大多有情有义、单纯善良，寄托着笔者在封建压迫下对真善美的追求。以此为灵感，整幅作品由纯黑白的颜色构成，利用正负形表现白色的鬼狐与黑色的人类书生的形象。书生伸出手，试图触碰鬼狐，而衣袖外的手已变成白色的枯骨。作者想通过颜色和形象的对比，引起人们对于人与妖、黑与白、真与伪等概念以更深层面的理解和反思。

水彩:《香玉》

作者:彭钰淇

种类:水彩

创作素材:蒲松龄《聊斋志异·香玉篇》

创作说明:崂山大清宫是个群山环抱、环境优雅的地方。有一颗树龄 600 多年的耐冬树就在这山中,相传清代文学家蒲松龄曾在崂山住过,见到这棵耐冬花红似火、热烈庄重,恰好上清宫中有一颗白牡丹,花朵硕大,灿烂似锦,经过他的想象与创作将两株花变成了对爱情和友谊坚贞不渝的女子:绛雪和香玉。这就是蒲松龄所著《聊斋·香玉篇》。作者将著作中的香玉和绛雪用一红一黄两棵树在画面中体现出来,表达这两个角色至情至性,彼此相依。

版画：《聂小倩》

作者：游鑫

种类：版画

创作素材：蒲松龄《聊斋志异·聂小倩》

创作说明：这幅作品选取《聊斋志异》中聂小倩为原型，利用木版画技法，颜色上采用红黑对比、蓝橙对比、红绿对比，再通过解构重组来刻画人物形象，将面部五官打散，再进行重新组合。小倩的形象有如水仙花，玉面玲珑，绘制者通过对眼神和动作的刻画，即扶着下巴，含情脉脉。聂小倩代表着一批具有反抗、争取自由、建立美好家庭、实现美好愿望的女性心声，反映了封建社会中被迫害的妇女对邪恶势力的反抗，对美好生活的向往和追求。

版画：《婴宁》

作者：宋扬

种类：版画

创作素材：蒲松龄《聊斋志异·婴宁》

创作说明：《婴宁》是《聊斋志异》中的一篇脍炙人口之作。古往今来，多少文人墨客着力于女性美好形象的描绘，但呼之欲出经世长存给后人留下深刻印象的经典形象却并不多见。而柳泉居士蒲松龄笔下的婴宁则是一个成功的、美丽的、纯洁的、憨直的、完美的少女艺术形象。此画描绘了子服与婴宁相遇相思的场面，此时的婴宁还是一只天真烂漫不谙世事的狐妖，可以恣意地展现自己的本性，无忧无虑。

封面设计:《红楼梦》

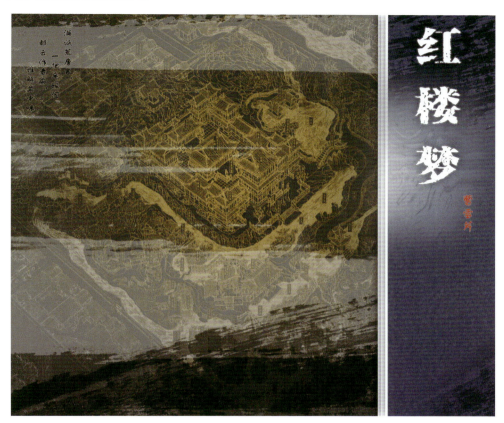

作者：刘正宇

种类：封面设计

创作素材：曹雪芹《红楼梦》

创作说明：曹雪芹在《红楼梦》中将自己的社会理想寄托于大观园之中，大观园虽是一个至情至性童话般的世界，但园子里的主人们的命运却无一不掌握在大观园以外的掌权人的手里，最后都落得了"千红一窟，万艳同杯"的悲惨结局。因此，作品采用深色作为封面底色，用金色的边线勾勒出大观园的轮廓，利用水墨晕染的特效，来表现《红楼梦》中大观园的繁华，再用画面虚化的效果来反衬这种繁华的虚无。

板绘:《红楼梦语》

作者：林伟杰

种类：板绘

创作素材：曹雪芹《红楼梦》

创作说明：这幅画作的创作灵感来源于《红楼梦》开篇语中的"满纸荒唐言"之句，作者在创作中将一张充满历史气息的纸作为背景，并在其上加入以笔痕为表现形式的场景以及小说开篇的五言诗句作为主要表现元素，画面以传统的红色调为主，并在其中加入纯度较低的冷色画面，在相对和谐的同时突出画面中心，以此来表现这部看似荒唐，却蕴含着葬送一个旧时代的悲剧故事。

板绘:《大观园》

作者：韩康

种类：板绘

创作素材：曹雪芹《红楼梦》

创作说明:《红楼梦》中的大观园代表了文学作品中虚拟园林的最高成就，是中国古典园林艺术的优秀范本，我们可以从中寻找出中国传统园林建筑的精神内核。本作品根据小说内容进行创作，运用平行构图，凸显古典园林屋檐的秩序感与威严的气势，富有层次与变化，选用"四君子"其二梅和竹为配景衬托，寓意坚贞的品格和高尚的气节，形成诗情画意的意境，也有儒、道、释"天人合一"的理念，体现人与自然的和谐相处，构园有法，法无定式，因势利导，兆于变化。

水彩:《大观园悲情》

作者：彭钰淇

种类：水彩

创作素材：曹雪芹《红楼梦》

创作说明:《红楼梦》通过描写贾府的由盛到衰，揭示了封建社会必将走向没落的命运。作者在创作中通过描绘大观园的景象，表面是生机勃勃的夏日，翻篇过后的真实却是凄凉萧瑟的冬日，人间的美丑善恶都在这大观园里，都在这红楼梦中，以对比的手法来映射作品的结局与主旨。

板绘:《失……》

作者：龙玥杉

种类：板绘

创作素材：曹雪芹《红楼梦》

创作说明：本作品以改琦为红楼梦所作的绣像为基础，制作了四幅具有电子包浆的马赛克风味古画，用红楼梦中四位典型的女子形象和加载未完成的画面感，表达出传统艺术在网络传播过程的损耗。以此来表达传统文化艺术在网络时代下虽随其符号载体得到流传，但内涵甚至表意却仍然在不断丢失或只留下一些刻板印象。

文创设计:《红楼梦》

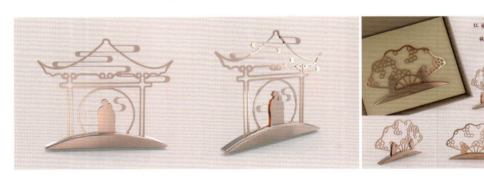

作者：王靖颐

种类：文创设计

创作素材：曹雪芹《红楼梦》

创作说明：中华文化博大精深，文学经典是众多优秀传统文化的精髓之一，设计者从《红楼梦》这一经典文学作品中获取灵感，再结合当下年轻人所喜欢的国潮元素，设计出以红楼为主题的国潮风格首饰架。

作品一将《红楼梦》中所有的场景浓缩简化，最终以最具代表性的中国传统建筑——亭子作为符号，亭中二人为宝玉与黛玉，象征着贾府中种种悲欢离合的缩影，而环绕着整幅画面的烟云，则暗示了宝玉与黛玉的缘分。

作品二的意境取自黛玉所作的《桃花行》。古人常作诗于扇，故扇内即为诗中意象，黛玉作诗自怜，宝玉读诗而泣，将两人置于桃花之下，以表黛玉心中所思所想。

第五章　现当代

油画:《自题小像》

作者：王雪宁

种类：油画

创作素材：鲁迅《自题小像》

创作说明：画作作者以超现实的方式创作，画面主体是一棵枯萎的神树，这棵树的树根深深扎在贫瘠的土壤或坚硬的磐石中，多年来，它靠自己的力量结根生枝，本来已经长成一棵的茂密的千年古树，却在血腥的战火下奄奄一息，它的枝条依然努力伸向天空却没有长出任何新叶。画面的左边是一只贪婪的大手，垂涎着神树的神力；画面的右边是保护者一只有力的手攥住一根"神矢"保卫着神树。这棵神树最后终于盛开：代表人民的红花，虽然还很稀疏，但是它的芳香足以震慑敌人；红花同时也代表着神树正慢慢苏醒过来。该作品选用油画呈现，意在突出手绘感，给人以故事插图的感觉。结构上古树作为主体在视觉中心上突出，枯树的根部做得更像血管，想体现它的濒死又顽强的状态，刺激人的感官。

板绘:《秋夜》

　　作者：曹淳

　　种类：板绘

　　创作素材：鲁迅《野草·秋夜》

　　创作说明：画面使用双色调来描绘生活在北洋军阀统治下的北京，处于极度苦闷中的鲁迅当时心境的颓唐，但对理想的追求仍未幻灭。通过窗前的灯和野花暗示鲁迅在新文化统一战线分化以后，继续战斗，心怀希望，孤独、寂寞，在彷徨中探索前进的心境。

板绘：《炉中煤》

作者：沙景怡

种类：板绘

创作素材：郭沫若《炉中煤》

创作说明：诗人在第一节中将祖国比喻为一个"年青的女郎"，因而作者用穿旗袍的女性形象来表现祖国。诗人在诗歌第二节和第三节中以"煤"自喻，向"心爱的人儿"——祖国，倾诉衷肠。基于此，作者将火炉形象作为画面主体，用堆积着燃烧的煤炭和熊熊火焰来表达诗人甘愿为祖国献身的决心。作者将火炉定位暖色系，以红黄色系为主表现作者的炽热爱国之情。画中标题字体选用毛笔字体，更能凸显中国气韵。

板绘:《红烛》

作者:卢晨

种类:板绘

创作素材:闻一多《红烛》

创作说明:诗作读罢,一个鲜活的画面立刻映入作者脑海——仁人志士用自己的鲜血换取微弱的光和热,去照亮黑暗的路途,烧尽世人的愚昧。画面中是无数如同闻一多先生一样的人,他们为了革命的胜利,为了祖国能够拥有光明的未来,而甘愿付出自己的生命,他们和红烛是一体的,红烛也是他们的化身。

水彩:《西风烈，长空雁叫霜晨月》

作者：涂小可

种类：水彩

创作素材：毛泽东《忆秦娥•娄山关》

创作说明:《忆秦娥•娄山关》是毛泽东在娄山关战役之后所作，此词篇幅虽短，但雄奇悲壮，气势如虹，我用水彩表现出"西风烈，长空雁叫霜晨月"的情景：倾斜却坚韧的苇草，既体现出西风之"烈"又喻革命意志的坚不可摧；霜降四野月照八方，而晨月之光也皓皓如霜，所以用较为清冷的色彩，勾勒出一幅雄浑壮阔的行军冬夜图，表现了毛泽东面对失利和困难从容不迫的气度和博大胸怀。

数位板书法:《七律·长征》

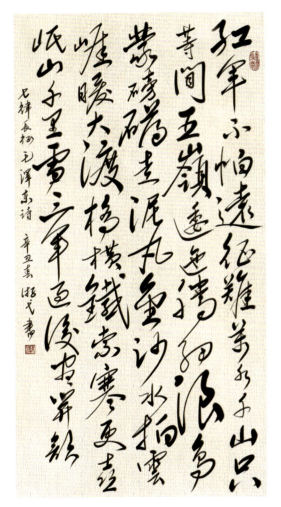

作者:游弋

种类:数位板书法

创作素材:毛泽东《七律·长征》

创作说明:作品所书内容为诗歌《七律·长征》。作品以草书进行电子创作,运用数位笔进行书写,并在作品上辅以名章和闲章。由于草书的特点是流跌宕落笔,运转龙蛇,所以适于展现诗作所表达的内容和感情。印章使用篆书字体,闲章使用"先忧后乐"字样,呼应了诗歌中长征路上诗人的情绪转变。作品的底色用宣纸纸纹,给作品增添了古朴的气息。

手绘：《七律·长征》

作者：梅寒琪

种类：手绘

创作素材：毛泽东《七律·长征》

创作说明：该作品是根据诗歌《七律·长征》为主题进行创作的。作品中绿框圆镜的原型是狙击手的瞄准镜。镜中炯炯有神的眼睛象征红军的主观视角，以此视角对长征进行描绘。瞄准镜被切分成四个画面，画面中的剪影象征红军一路上越过千山万水的艰辛历程。瞄准镜的边缘用黑白线圈进行装饰，这些线圈象征靶子，靶子象征红军为实现长征胜利而一直坚定不移的信念。瞄准镜镜框的绿色象征希望和新生。由此，这幅作品的整体象征意韵就出来了：正是因为红军坚定不移地胜利完成长征，才铸就了我们今天的新生活。

板绘:《清平乐·六盘山》

作者：林夏朵

种类：板绘

创作素材：毛泽东《清平乐·六盘山》

创作说明:《清平乐·六盘山》是毛泽东翻越六盘山时的咏怀之作。当时红军在宁夏六盘山的青石嘴击败敌军，摆脱追敌，一鼓作气翻越六盘山。作者采用电脑绘图软件作画，为了表现"天高云淡，望断南飞雁"开阔的秋日景色，运用水墨画风格。远近的山峦用近似皴擦的水墨画手法进行刻画，近景是作战胜利正在攀登的红军将士，其间点缀了漫卷西风的红旗，远山上有隐约出现的长城，高空是结对的南飞雁，零星的红色斑点和氤氲的红色云雾增强了画面的氛围感。

板绘：《沁园春·雪》

作者：何杰妮

种类：板绘

创作素材：毛泽东《沁园春·雪》

创作说明：作者用插画的形式来诠释这首爱国诗作。全画分为三个主要部分，即山顶、河流和远山，关键点放于中心位。画面描绘的是一幅这样的景象：雪飘万里，视野广阔，峡谷间有湍急的河流；山之间，渺渺升起了云烟；山顶上站着一个笔挺的人，他的手指向太阳升起的方向，像是在吸收太阳的力量，又像是在向往太阳的高度和炙热；肩上披着红色的披风，披风在凛冽的风中飞扬、起舞，象征着为了光明和幸福的生活不惧风雪，勇往直前，永远饱含着一颗火热赤红的心。

水彩:《水调歌头·游泳》

作者：叶衍欣

种类：水彩

创作素材：毛泽东《水调歌头·游泳》

创作说明：画作作者在左边画了正在游泳的人，代指在长江游泳的词人。"极目
楚天舒"中的"舒"是舒展、开阔的意思，所以画作作者将天空和周围的一切都设
为空白。武昌鱼指古武昌樊口的鳊鱼，在左边代指长江的河流中画了两条侧游的鳊
鱼和一条冒头的鳊鱼，暗指作者刚刚食武昌鱼。画面右侧绿色的山代指巫山，中间
蓝色的不规则平面代表平湖。雨水、山和湖相连代指巫山的雨水都流入平湖中。

服装设计:《我爱这土地·鸟》

作者：张乃心

种类：服装设计

创作素材：艾青《我爱这土地》

创作说明：作品为三套一系列的服装设计方案。在元素方面，提取诗中的"山""飞鸟"形象。艾青是土地的歌者，"山"是土地的一种象征。结合山的走势，设计者制作出优美的廓形。而"鸟"的形象激发了设计者对面料和廓形的进一步思考，即将飞鸟的翅膀姿态与山的廓形、纹理相结合，并在形态上加以夸张，以呈现嘶吼和呐喊的张力。在颜色方面，设计者以深红色和黑色作为基调，搭配渐变的效果，以观照诗人创作时所处时代的沉重感。

板绘:《我爱这土地》

作者:赵海妮

种类:板绘

创作素材:艾青《我爱这土地》

创作说明:诗人以"假如"开头,想象自己如同一只鸟儿,生前沙哑歌唱,死后的身体与土地相融。画作将诗中元素融入,画中心是一只眼角含泪的将死的鸟儿,它的身体与祖国的土地相融合。土地有黑红两色。黑色象征中华厚土;红色象征鸟儿对这片土地的赤诚之爱,也象征中国人民用鲜血誓死保家卫国的不屈精神。整幅画呈螺旋状引导观众视线,让人既关注画面中心,同时也产生风吹的不定感。整体画面由中心的暖黄色逐渐过度到黑色,体现黎明逐渐照亮黑暗所释放的温暖。以盛开的樱花对画面加以点缀生成希望之感,象征诗人笔下遭受侵略的武汉会在樱花绽放时迎来自由与胜利。

丙烯画:《我爱这土地》

作者：赵红宇

种类：丙烯画

创作素材：艾青《我爱这土地》

创作说明：用丙烯材料在油画布上用刮刀刮出混沌大雨倾盆的氛围。再用涂鸦的方式画出小鸟。画面当中有着一些小细节，如风、树叶、蚯蚓、音符、草地等。风表示当时的逆境；被吹走的树叶是当时为革命事业牺牲的战士们；蚯蚓可以松动土地，代表着这片土地无比的肥沃。整幅画面充分体现出综合材料的特性将整首诗的意境和氛围表达出来。

板绘:《我爱这土地》

作者：赵文漪

种类：板绘

创作素材：艾青《我爱这土地》

创作说明：1938 年 10 月武汉失守，日本侵略者猖狂地践踏中国大地。诗人艾青满怀对祖国的挚爱和对侵略者的仇恨写下了诗歌《我爱这土地》。诗歌以鸟儿形象代诗人形象，画作便由此而生，即在人的身上加上羽毛，嘴部也进行了拟物的处理；用眼角的泪水与摸着胸口的心脏表现"爱得深沉"。另外，用比较抽象的方法表现出暴风雨、激怒的风、林间等诗歌语言元素。背景色调偏深色，释放一种沉重与庄严之感；人物的形象则选择亮色刻画，因这种饱和度较高的颜色更能体现出中华民族的坚不可摧和祖国在诗人心中崇高的地位。

创意拼贴海报：《我爱这土地》

作者：李娜

种类：创意拼贴海报

创作素材：艾青《我爱这土地》

创作说明：《我爱这土地》这首诗抒发了作者对祖国土地深深的热爱，所以创作者用中国国土今昔对比的照片增强画面的视觉冲击力，同时也突出中国发展的质的飞跃。诗歌第一句"假如我是一只鸟"让创作者想到了用鸽子的剪影来创作，代表那些为新中国的和平付出鲜血和生命的人，鸽子飞在空中俯瞰这大地的变迁，新中国以快速发展的脚步告慰先人：这盛世如您所愿。

板绘：《白杨随想》

作者：李菲

种类：板绘

创作素材：茅盾《白杨礼赞》

创作说明：在茅盾先生所写的《白杨礼赞》中，白杨象征着中国共产党及其领导下的敌后抗日根据地的广大军民，歌颂着他们团结作战、不屈不挠的精神和意志。建党百年之际，画作作者创作了这幅数字绘画作品《白杨随想》。画面中的景象是根据文章所述进行描绘的："广袤的黄土高原仿佛是黄绿错综的一条大毡子，黄的是土，绿的是麦田，而伫立着的高耸挺拔的白杨树，就像哨兵一样在西北的风沙中坚守自己的岗位，像农民一样扎根于大地。"

橡皮章刻印:《白杨礼赞》

作者：杨素

种类：橡皮章刻印

创作素材：茅盾《白杨礼赞》

创作说明：茅盾先生以白杨树象征中国共产党及其领导下的敌后抗日根据地广大军民，歌颂他们团结战斗、不屈不挠、坚持抗战到底的崇高精神和坚强意志。创作者用橡皮章刻印的方式将白杨的形象展现于纸上。图中用黑白交出形式来表现白杨、黄土、高原和山岗，后面大片留白示意辽阔的天空，力求通过这种极强的视觉冲击效果展现白杨的"正直，朴质，严肃"和"极强的生命力"。

板绘:《我用残损的手掌》

作者:肖寒

种类:板绘

创作素材:戴望舒《我用残损的手掌》

创作说明:画作以戴望舒诗歌《我用残损的手掌》的字面意境和创作背景为素材,将血迹绘制成抽象的样子,于其上描绘诗歌中的景象。画作中燕子嘴叼橄榄枝,意寓和平,也表达严冬终会过去,春天将要到来的期待。背景破空而过的子弹代表战争。类似年轮的黑,表达作者被捕入狱所受的苦难,也诉说在侵略者的铁蹄下痛苦的人民。右上角的光束像温暖阳光,炽热而充满活力。背景画面与其前画面形成对比,更能反映出作者对期待光明的全部热情和希望。

板绘：《我用残损的手掌》

作者：周琦梦

种类：板绘

创作素材：戴望舒《我用残损的手掌》

创作说明：诗歌结构上分两个部分，一是诗人想象着中国沦陷的土地，被"残损的手掌"轻轻拂过，二是作者想到了"解放区"，那里是"温暖，明朗的"。画作作者将两部分分布在画面上下区域，上半部分描绘的是祖国的大好河山，代表着原初的美好和对未来的期待，而下面深色部分代表着山河破碎，百姓苦不堪言。创作者运用强大的色彩饱和度和明度的差距来做对比呈现，暗色中的那些文字表达着诗人所处时代的黑暗。画面中有形的双手似乎想抚摸些什么，但却尽显无力。

板绘:《囚歌》

作者：孟庆公

种类：板绘

创作素材：叶挺《囚歌》

创作说明：皖南事变后，时任新四军军长叶挺遭到国民党当局长期的无理拘押。述志诗《囚歌》正浓缩着叶挺将军对这段牢狱生涯的深切体验，是他对于生命、自由和尊严之间关系的悲壮思考。绘画者从诗歌中汲取灵感，以一只握紧了的拳头作为表现主体，手腕处燃断的铁链彰显着挣脱束缚的顽强力量，而这是诗人心中革命者不屈的姿态。为凸显诗人鲜活的理想信念和不灭的热情与希望，画作在色彩和光感方面都跳出了传统的以单一色调表现拳头和手臂的窠臼，做了丰富化的处理，大幅度提升了作品的视觉冲击力。

当 代

板绘：《保卫延安》

作者：赵一峥

种类：板绘

创作素材：杜鹏程《保卫延安》

创作说明：《保卫延安》以中国人民解放军一个连队参加青化砭、蟠龙镇、榆林、沙家店等战役为主线，艺术再现了1947年延安保卫战的历史画面。绘画者由小说出发联想到胜利的场景，并以此为题材完成了一幅板绘插画。画作中人们挥舞着红色的丝带，连绵无限，这些丝带既表达着人们的喜悦和热情，同时也象征着中国共产党强大的生命力。画作背景采用较暗的颜色，用来体现战争的黑暗，也使得释放着红色力量的丝带更加耀眼。插画画面整体上通过对比展现出抗战中中国人民大无畏的精神，即使身处混沌也仍然积极向上、耀眼夺目。

板绘:《礁石》

作者:唐明洲

种类:板绘

创作素材:艾青《礁石》

创作说明:画面中有两个元素:浪花和礁石。浪花,象征一个人或一个民族所经受的考验与磨难。而被"一个一个无休止的浪"扑打着的礁石,面对这无情的拍打,却"我自岿然不动",并未失去信念和信心,不仅把浪花打成"碎沫",且"含着微笑,看着海洋",这是何等的英勇无畏、何等的坚韧顽强、何等的乐观向上!作者以此比喻当时虽处于内外种种困境却仍昂扬奋进的中国。也正是我们每个人、我们整个民族有了这种"礁石"精神,才使得我们个人的人生以及整个民族的命运有了无限的希望!

手绘:《红旗谱》

作者：姚奕妍

种类：手绘

创作素材：梁斌《红旗谱》

创作说明：作品的内容是《红旗谱》中主要人物现实化的片段与革命群体奔赴革命战场双元素融合而构成的场景。梁斌先生笔下的朱老忠是一个横跨新旧两个时代的农民英雄的典型形象，在这个人物身上集中体现了中国农民的优秀品质，所以画作把朱老忠的形象放在比较主要的位置。画作左侧是农民群体的形象，深刻地表现了中国农民是民主革命的主体力量以及农民英勇不屈、前赴后继的伟大精神。

板绘:《红日》

作者：贺嘉怡

种类：板绘

创作素材：吴强《红日》

创作说明：作品依托小说中呈现的中国人民解放军在莱芜战役中冒着严寒踏着高低不平的山路与友邻部队包围敌人的场景而作。即使在严寒的天气，解放军仍然不畏艰难。画面左上角的星轨代表每个人的心中都有一颗明星，它既是星星也是太阳，更是信仰，因为它能为大家指引前路，带来光明，驱除黑暗与寒冷，使战士们在艰苦的环境下仍然能够坚定不移。

板绘：《杨子荣斗敌》

作者：林夏朵

种类：板绘

创作素材：曲波《林海雪原》

创作说明：画作参考现代作家曲波创作的长篇小说《林海雪原》中的情节和同名改编电影的剧照完成。小说描写了解放战争初期东北剿匪的战斗，讲述了东北民主联军一支小分队在团参谋长少剑波的率领下，深入林海雪原执行剿匪任务的故事。画面采用黑白色调和偏向于漫画的手法，将男主人公杨子荣与土匪斗智斗勇的情景表现出来，杨子荣占据左上方大部分面积，而次要人物处于右下角，意在表现杨子荣必胜的气势和英雄气概。

国画:《林海雪原》

作者：刘济铭

种类：国画

创作素材：曲波《林海雪原》

创作说明：小说《林海雪原》描写的是解放战争初期东北剿匪的战斗，而林海雪原就在黑龙江省东南部长白山支脉张广才岭及其周边地区。依托小说内容和对张广才岭的资料搜索，作者创作了这幅表现山顶雪景的画作。作者用浓墨焦墨皴擦雪山节理层次来反衬山顶铺雪的白色，意在展现山势高险。天空用花青调和墨汁形成的沉郁的蓝色，渲染环境险恶，侧面表达剿匪英雄们钢铁般的意志、不畏艰难险阻的决心和坚定的革命信念。

海报设计:《林海雪原》

作者：张怡然

种类：海报设计

创作素材：曲波《林海雪原》

创作说明："晚秋的拂晓，白霜蒙地，寒冷砭骨，干冷干冷。"一句话将故事的地理环境、发生时间及地点交代得直接明了，并释放出敌我斗争的残酷性和紧迫气氛。海报设计者从此句中获取灵感，想象自己眼前的便是那大雪纷飞中的东北山脉，并将杨子荣的形象置于作品正中间，以突出其在智取威虎山故事中的英雄气概。

丙烯画:《青春之歌》

作者：褚梓璇

种类：丙烯画

创作素材：杨沫《青春之歌》

创作说明：这幅作品以暗沉的黄色调描绘了《青春之歌》中的女主人公林道静的英勇身姿，在这幅作品中爱国知识分子林道静面朝波涛汹涌的黄河，高举右拳，表现了林道静同志的英勇果敢，愿为共产主义事业而英勇献身的决心和对自由理想的向往与追求。

板绘：《青春之歌》

作者：陈相

种类：板绘

创作素材：杨沫《青春之歌》

创作说明：画作依据小说《青春之歌》和同名改编电视剧所塑造的女主人公林道静的形象而作。林道静是一个由小资产阶级知识分子成长为共产主义战士的艺术典型，为了凸显其追求思想进步的女青年气质，呼应"九·一八事变"到"一二·九运动"的历史背景，创作者在人物形象的塑造上做了较具时代特色的处理，比如齐刘海式的短发造型，旗袍配外套以及向远处望去的姿态。而在色彩方面则以外衣、旗帜和嘴唇的红色来营造革命的氛围，背景中的白色碎片则是游行时扬起的传单。

板绘:《红岩》

作者：韩思雨

种类：板绘

创作素材：罗广斌、杨益言《红岩》

创作说明：这幅作品以红色经典作品《红岩》为创作依据，以红色场景、岩石为背景，象征着鲜血、胜利。以丝带为主体象征着革命，是烈士的鲜血染红了脚下的岩石，他们的意志却要比岩石更坚硬。血色红岩，血色传奇，这是一段刻骨铭心的历史，是一座屹立不倒的里程碑。红岩精神，永垂不朽！

海报设计:《闪闪的红星》

作者：张郁琴

种类：海报设计

创作素材：李心田《闪闪的红星》

创作说明：小说《闪闪的红星》讲述了红军长征北上抗日以后，红军后代的孩子潘冬子的艰苦斗争生活和成长历程。1974年，根据这部小说改编的同名电影上映。绘画者从小说和电影中获取创作灵感，以板绘的方式为小说绘制了图书海报。人物形象上突出潘东子军帽上的红星和他的笑容。为引导视觉中心，在背景颜色上将色调暗饱和度降低，突出人物和书名。基于对大众观览习惯的考虑，画面运用了经典的左图右文的形式。而为了进一步引导视觉中心，又在书名的设计上选择了豪放不羁的毛笔字体，并竖向排版与左下角人物对应，以平衡画面。

板绘:《夜幕下的哈尔滨》

作者:周琛

种类:板绘

创作素材:陈玙《夜幕下的哈尔滨》

创作说明:画作呈现了小说主人公与敌人对峙的一幕,色调复古沉稳。主人公的友人衣着颜色偏暖,他自己的衣服则被处理成白色,这样做的目的是,一方面突出正义的一方,另一方面提亮整张画面的色调。画作只对主人公一方的动作神态进行了刻画,对敌方皆用了省略的手法,虚实对比,以画法和颜色来突出了敌我分明。同时,这样的设计也表达了主人公一方在人数少的情况下仍然镇定自若、毫不畏惧。作品使用抽象的大色块,简洁明了,硬朗结实,渲染了其时剑拔弩张的紧张气氛。

板绘:《安然入睡》

这是最纵容宽阔的床，让一颗心满足地睡去，满足的想

作者：刘子涵

种类：板绘

创作素材：余光中《当我死时》

创作说明：诗作是余光中1966年在美国密歇根州创作的。当时诗人在外羁旅漂泊，思乡心切，就用这首诗来表达自己对祖国的思念。画面主体是一个以天地为床闭着眼睛安然入睡的少年，手中怀抱着一本进步书籍。为表达出温暖又有力量的感觉，画作采用暖色调，打的是硬光，而不是柔和的光。两条光带围绕着少年，象征着少年心中祖国母亲的声音。为增强故事感，作者对画作加上了颗粒质感，并且把画面调整成了宽屏电影屏幕的形式。

水彩:《乡愁》

作者：余双羽

种类：水彩

创作素材：余光中《乡愁》

创作说明：在母亲的眼里孩子永远是孩子，绘制者认为孩子是最具代表性的一个身份。而船象征的是联系两岸的工具，通过船只"我"可以到海峡对面去。画面中有两艘船可是却只有一个人——一个望向远处的孩子，这样更能制造一些情感力道与画面冲击，凸显出整体思乡的愁绪。水彩的水分感与流动性使其成为最适合表达此诗内容的媒材，因为水能将颜料融合、混色，并制造出远方的朦胧感。这种朦胧感也就是颇"诗意"的部分，它是模糊不清的，更能给人留下想象的空间。

板绘:《高山下的花环》

作者：何睿敏

种类：板绘

创作素材：李存葆《高山下的花环》

创作说明：作品是用iPad（平板电脑）对小说中三个片段进行拼贴并加以绘画创作的一幅板绘作品，主要人物形象提取自根据小说改编的影视作品。整个作品用红色天空和黑色的树山衬托一种悲壮的氛围，用白条将画面分成三部分，代表战前、战中和战后三部分。每部分都节选了小说中的典型形象：军长的小儿子中弹身亡、战争结束后军长饱含泪水对儿子的坟墓敬礼、高山上一排排烈士花环和高高擎起的红色五角星，展现了中国军人的坚韧顽强和英勇崇高的内在力量。

板绘:《红》

作者:柳心怡
种类:板绘
创作素材:莫言《红高粱家族》
创作说明:画作从莫言小说《红高粱家族》和改编电影《红高粱》获取灵感。色彩上以多层次的"红"为主体。红,是盖头的颜色,是绣花鞋的颜色,是高粱酒的颜色,是心脏的颜色,是鲜血的颜色,是火焰的颜色……"红"在开始代表着热情、炽烈、丰收、希望,但随着故事的推进,"红"变得残忍、血腥、绝望。但是红色最终被赋予的是对顽强的生命力的解读。

板绘：《步入辉煌》

作者：倪雨桐

种类：板绘

创作素材：影片《步入辉煌》

创作说明：1994年摄制的影片《步入辉煌》，讲述"九·一八"事变东北沦陷后，东北抗日联军敌后与日本侵略者顽强战斗的故事。影片以饱满的激情，热情讴歌了杨靖宇将军义薄云天、宁折不弯的民族气节及中华民族的崇高情操。观看这部红色经典电影之后，我搜集资料并以黑白灰像素的形式进行创作，用去除色彩保留形象的方式来加深抗日救国豪情在人们脑海中的印象，让我们铭记历史，勿忘国耻！

海报设计:《风声》

作者:郭雅琳

种类:海报设计

创作素材:麦家《风声》

创作说明:海报作品参考小说《风声》的相关情节和同名改编电影中的女性形象完成。画面主体是一件深青色旗袍,上面的装饰线为枪、酒、电报机、麻绳、锁拷和烟的图案造型,旗袍底部有影片中密码翻译出的语句"民族已到存亡之际,我辈只能奋不顾身,挽救于万一"。旗袍底部破旧,照应顾晓梦的遭遇。旧羊皮纸为底,上有灼烧的痕迹,既能衬托出深青色旗袍这一主体,又能凸显出既文艺又残酷的氛围。文字"风声"使用了较为娟秀的毛笔字体,秀气而不失大气,意在呼唤我辈勿忘历史,继续前进,发奋图强。

板绘：《风声》

作者：彭文涓

种类：板绘

创作素材：麦家《风声》

创作说明：画作表达了人物在时代巨浪中的选择与沉浮。"巨浪"如历史车轮般扑面而来，画法参考了日本浮世绘层叠的手法和渐变的蓝色，并结合了中国古典水纹的绘画手法。人物绘制则采用深色背景下浅色速写线条的表达方式，六个人物按照电影《风声》中的立场分成左右两边，构成较为稳固的三角构图，与动感强烈的巨浪一静一动，形成画面的层叠感。同时在线条和颜色上选择白描和蓝色的对比，构图选择画面中间线条居多、四周颜色居多的方式，尽可能保证画面的平衡感。

板绘:《在玉米地的中央》

作者:赵锦

种类:板绘

创作素材:庞余亮《在玉米地的中央》

创作说明:庞余亮的爱国诗歌《在玉米地的中央》中借助了玉米地这一朴素却真挚的意象,将爱国主义的情怀与生活场景相结合。因此,画作以玉米地为主要场景,以平和的黄绿色为主,增加了场景的宁静感,贴合了原诗歌中的"平常的日子没有敌人,只有风在吹"一句。红军军服和稻草人相结合的元素象征着革命战士守护着我们的国家和无数百姓。原诗中有一句"玉米地在共和国的版图上倾伏下去",画作作者将玉米地处理成了绵延的效果,预示着国家和人民的胜利也将延续下去。